La collection « Ado » est dirigée
par Claude Bolduc et Michel Lavoie

D0424627

Dure, dure ma vie !

L'auteur

Skip Moën a écrit son premier roman pour les jeunes et, peut-être, son dernier. Il est épuisé, prétend-il. Originaire d'un quartier populaire, il sait que, bien que la vie ne soit pas toujours facile, elle réserve bien des surprises. L'écriture de ce roman en a été une. Malgré un clin d'œil (appuyé) à Émile Ajar, il ne rêve pas du Prix Goncourt... du moins, pas encore !

ROMAN ADO | DRAME

Skip Moën
Dure, dure ma vie !

nts d'Ouest

Données de catalogage avant publication (Canada)

Moën, Skip, 1952-
  Dure, dure ma vie !

  (Roman ado ; 13. Drame)
  pour les jeunes de 14 ans et plus

  ISBN 2-921603-58-6

I. Titre. II. Collection: Roman ado. Drame III.
Collection : Roman ado; 13.

PS8576.O36D87 1997   jC843'.54   C97-941013-4
PS9576.O36D87 1997
PZ23.M63Du 1997

Nous remercions le Conseil des Arts du Canada de l'aide
accordée à notre programme de publication. Nous reconnais-
sons l'aide financière du gouvernement du Canada par l'entre-
mise du Programme d'Aide au Développement de l'Industrie
de l'Édition (PADIÉ) pour nos activités d'édition. Nous remercions également la Société de développement des industries
culturelles (SODEC) de son appui, ainsi que la Ville de Hull.

Dépôt légal — Bibliothèque nationale du Québec, 1997
                Bibliothèque nationale du Canada, 1997

Réimpression : 2000

© Skip Moën & Éditions Vents d'Ouest inc., 1997

Révision : Renée Labat

Éditions Vents d'Ouest inc.
185, rue Eddy
Hull (Québec) J8X 2X2
Téléphone :   (819) 770-6377
Télécopieur : (819) 770-0559
Courriel :   ventsoue@magi.com

Diffusion Canada : PROLOGUE INC.
Téléphone :   (450) 434-0306
Télécopieur : (450) 434-2627

Diffusion en France : DEQ
Téléphone :   01 43 54 49 02
Télécopieur : 01 43 54 39 15

Prologue

IL fait sombre. À cause de la neige qui tombe, la lumière des lampadaires est glauque, l'atmosphère lourde. Michel a peur. Au plus profond de son être, il sent que la transaction va mal tourner. Il n'a pas confiance au type qui lui a donné rendez-vous. Pourtant, il ne fuit pas. Il n'en a pas la force. Peut-être parce que sa vie lui semble être un cul-de-sac ; peut-être parce qu'aucun espoir ne l'anime. Peut-être aussi parce qu'il désire, inconsciemment, que d'autres personnes prennent en charge sa vie, sa vie de petit bum sans envergure ni avenir.

Il attend avec nervosité. La main droite, dans sa poche de pantalon, tient fermement son arme, un exacto. Le paquet dans sa main gauche, dans un sac de papier brun, semble peser une tonne. Pourtant, ce n'est qu'une cassette vidéo.

Malgré le froid, de la sueur perle sur son visage, surtout là où un duvet a commencé à orner comme une tache sombre sa lèvre supérieure. L'attente lui paraît longue. Il est arrivé tôt afin de vérifier si un piège ne lui était pas tendu. Il n'a rien remarqué de louche. Néanmoins, il est anxieux.

Enfin, il entend des pas sur le macadam enneigé. Le type, beaucoup plus âgé que lui — il a au moins dix-sept ans — s'approche avec nonchalance et lui fait un signe de la main, comme pour lui signifier que ses craintes sont sans fondement. Michel se détend et esquisse un sourire de soulagement.

Le type vient d'un autre quartier. Un quartier où les gens ont de l'argent et un avenir douillet. Cela se voit aux vêtements qu'il porte. Devant ces gens, Michel se sent toujours comme un moins que rien, un minable qui ne sait même pas comment s'habiller convenablement. Ce n'est pas avec des jeans, des bottes ou des chandails acquis au Tigre géant qu'il peut se sentir à la hauteur !

Le type est tout près de lui maintenant. Il met la main dans sa poche et en sort un billet froissé de cinquante dollars. Il prend le temps de le défroisser avant de demander :

– C'est bien quarante dollars la cassette ?

Michel acquiesce.

– J'ai rien qu'un cinquante.

Transi, Michel n'arrive pas à dire quoi que ce soit. Sa bouche est trop sèche, sa langue trop pâteuse.

Le type ajoute :

– Je te propose d'aller au dépanneur du coin pour casser mon cinquante.

Michel n'aime pas l'allure que prend la transaction. Il avait pourtant bien demandé au type d'arriver avec la somme exacte. Mais puisque le dépanneur n'est pas trop loin, il se dit pourquoi pas. Il n'a pas attendu aussi longtemps pour revenir bredouille. D'un signe de la tête, il signifie au type son accord.

Il suit le gars qui marche rapidement, trop rapidement. Il est inquiet. Il ralentit le pas. Il s'aperçoit qu'il serre de plus en plus fort son exacto. Ses jointures lui font mal. Il tente de se détendre, mais, rien à faire, juste à y penser il ressent les vagues de la peur lui triturer les intestins. Il a envie de tout laisser tomber, de prendre ses jambes à son cou et de courir vers son immeuble.

Soudain, sortent de l'ombre du coin d'une maison à crépi, trois autres types qui, au pas de course, le rejoignent avant même qu'il ait pu amorcer un geste. Ils l'entourent et lui bloquent toute possibilité de fuite. Même en courant comme Bruny Surin, il ne pourrait pas faire long feu : les types sont plus âgés, plus grands, plus forts et plus résistants que lui. Il sent que c'est perdu d'avance. Il va donc jouer le jeu docilement. Il leur donnera la cassette, assumera la perte de quarante dollars et rentrera chez lui en se maudissant de n'avoir pas suivi son intuition.

L'autre type — celui qui a servi d'appât pour le piège — revient vers lui, un large sourire aux lèvres. Michel s'est fait avoir comme un bleu, semblent souligner les yeux du gars qui pétillent de joie. Son sourire révèle pourtant autre chose. Il est tellement mauvais que Michel se prépare au pire.

Michel lève le bras gauche, celui dont la main tient le sac brun, et lâche d'une voix chétive d'adolescent qui mue :

— C'est ça qu'vous voulez, ben prenez-le et sacrez-moé vot'camp d'icitte !

Les quatre gars partent à rire à l'unisson.

Michel est désemparé. Il ne comprend pas.

Le type qui a servi d'appât arrête brusquement de rire et lui crache méchamment à la figure :

— On s'en fiche totalement de ta cassette porno. Si tu penses qu'on a organisé ça pour te piquer ta cassette, c'est que tu es aussi débile que ceux qui achètent tes cassettes. On est venus t'avertir de ne plus approcher ma sœur, Annie-Maude. Cet avertissement-là, c'est le premier et le dernier. Tu t'en souviendras, crois-moi !

Personne ne rit plus maintenant.

Au signal de leur chef, les gars entourant Michel commencent à le bousculer puis à le frapper. En levant les bras pour se protéger la figure, Michel lâche le sac, mais pas l'exacto, toujours dans la main droite qu'il garde fermée pour camoufler l'arme aux quatre agresseurs.

Les coups pleuvent. Michel tente de se protéger, mais face à quatre gars qui lui assènent des coups de partout, il n'y arrive pas. Soudain, il reçoit un coup sur le nez. Le sang se met à gicler. La douleur lui vrille le cerveau, les larmes coulent à flots et il tombe à genoux. Les gars n'arrêtent pas. Les coups de pied remplacent les coups de poing. Michel a maintenant de la difficulté à respirer. Il sent le sol vaciller.

Il ouvre la main et, dans un même mouvement, souvent répété, libère la lame de l'exacto de son étui de plastique jaune. Avec le bras, il fait des moulinets. Il sent rapidement une résistance, puis, une fraction de seconde plus tard, il entend un cri. La lame a touché un des gars au mollet. Elle a déchiré le jean et atteint superficiellement la peau. Les coups cessent. Les gars sont dans l'expectative. Ils ont vu l'un des leurs reculer en se tenant la jambe, mais avant qu'ils ne puissent réagir, Michel hurle un cri rauque et lance un nouveau moulinet. Ce coup n'atteint personne, mais les types prennent conscience que leur proie a trouvé un moyen de contrer leur attaque.

Les gars cessent le combat pour secourir leur copain qui se lamente. Michel n'arrive pas à se lever. Il continue néanmoins à frapper aveuglément.

Il ne touche personne. Ses moulinets se font de moins en moins larges, perdent peu à peu de vigueur et s'arrêtent. Michel est à moitié conscient. Il respire avec difficulté.

Avant de sombrer dans l'inconscience, il entend un dernier son, celui strident des sirènes.

Chapitre premier

Le milieu de ma mère

JE sais pas par où commencer mon histoire. Il faut dire qu'elle est chargée en tabarouette. C'est pas vraiment ma faute si c'est arrivé comme ça. J'ai pas eu de chance ! Bon, c'est vrai, j'ai fait des choses pas correctes, mais qui en aurait pas fait à ma place pis à mon âge ? J'ai presque quatorze ans. Pis là, je suis obligé de raconter ma vie aux travailleurs sociaux de la protection de la jeunesse qui m'ont dit que j'avais pas le choix parce que, après, je vais passer devant un juge qui décidera ce que la société va faire de moé. Ils m'ont même dit que je serais séparé de ma mère à cause du milieu qu'elle fréquente.

Je vois pas c'est quoi le problème avec le milieu que fréquente ma mère. Ils sont pas pour séparer tous les enfants du quartier de leur mère quand même !

Peut-être qu'ils veulent parler de son ouvrage ? Elle travaille la nuit dans un bar à Gatineau où il y a des danseuses nues. Elle, elle danse plus. Même si elle a juste trente-deux ans, ils la trouvent trop vieille pour qu'elle se déshabille devant des hommes en faisant des pirouettes sur la scène. Maintenant, elle sert la boisson. Elle est pas nue, mais c'est presque pareil, parce que son costume cache pas grand-chose. C'est vrai aussi que de temps en temps, elle revient à la maison avec un gars. Elle aime bien sortir avec des rockers, des gars qui ont de grosses motos, de bonnes bedaines de bière, des cheveux longs pis des tatouages. Ils restent pas longtemps à la maison, mais ils lui font toujours un cadeau qu'elle m'a dit. C'est ces cadeaux-là qui lui permettent de payer le loyer et ce qu'on mange à la maison. C'est quoi le mal à ça ? Il faut bien qu'on vive comme tout le monde, nous autres aussi.

Ma mère m'a toujours dit que sans éducation, il y avait pas grand-chose à faire. Pis elle, elle en a pas d'éducation, ça fait qu'elle doit se débrouiller comme elle peut. Elle me chicane souvent parce que je fais pas mes devoirs et que j'ai des mauvaises notes à l'école. Elle prend des yeux tristes, me regarde comme si j'étais pas là, pis elle me dit que, moé, je pourrai pas utiliser mon physique comme elle pour me sortir du trou, ça fait que je serais mieux d'utiliser ma tête et de réussir à l'école.

Au primaire, mon prof aussi me répétait tout le temps que si j'arrêtais pas de faire le fou, je pourrais jamais aller au secondaire dans une classe régulière comme les autres élèves de mon cours. Il me disait que, dans le temps, j'aurais été bon pour l'école de réforme. Comme je savais pas ce que c'était, sa menace me dérangeait pas pantoute.

Mon prof s'appelait M'sieur David. J'ai jamais su si c'était son nom de famille ou son prénom. Il était pas drôle du tout, M'sieur David. Il me punissait sans arrêt. Il me collait une retenue presque à tous les jours, comme si j'avais que ça à faire dans la vie. Il me disait que c'était pour mon bien, parce que comme ça j'étais obligé de faire mes devoirs. Il se trompait, M'sieur David, parce que la plupart du temps, en retenue, je niaisais en faisant rien, en perdant mon temps à penser à n'importe quoi, pis je m'en souvenais même pas après. Il faut dire que moé, Claude, Rémi et Jean, on en faisait du tapage dans la classe. Il avait beau crier après nous autres, M'sieur David, il y avait rien à faire, on finissait toujours par faire plus de bruit que lui.

Un jour, M'sieur David nous a mis dans le fond de la classe pour pas qu'on dérange les autres. On niaisait quand même, mais moins. Comme on était toujours ensemble le soir, tous les quatre, à être pognés dans un coin de la classe, tout au fond, séparés des autres par une rangée vide, ça prenait pas beaucoup de temps pour qu'on se calme et qu'on fasse semblant d'écouter. De temps en temps, Claude nous passait son walkman. Mais, il y a rien de plus platte que la radio. C'est pas comme Much Music à la tv, où là ça bouge en s'il vous plaît. Une fois, M'sieur David s'est tanné. Il nous a dit : « Je vous confisque le baladeur ! » On s'est regardé en pensant qu'il était complètement marteau. C'est quoi ça, un baladeur ? Nous autres, on avait même pas bougé de nos chaises !

Pour s'amuser, on aimait bien faire des coups au prof, comme mettre des tacks — M'sieur David appelait ça des « punaises » ; les clous, eux autres, c'est des puces peut-être ? — sur sa chaise. Mais, à part la première fois, on a jamais pu le surprendre ! Ça fait que, après, on mettait les tacks sur les sièges des autres élèves. Mais, plus ça allait, moins on avait de fun parce que c'était toujours la même joke, pis on a fini par trouver ça moins drôle.

Quand même, le jour où avec Jean, on a amené des souris dans la classe pour faire peur aux filles, là, M'sieur David s'est choqué noir. Nous autres, on riait comme des fous à voir les filles grimper sur leurs bureaux et à les entendre hurler, mais le prof a pas trouvé ça drôle du tout. Il nous a sortis vite fait de la classe. Là, il nous a amenés voir m'dame la directrice en nous faisant la morale. On aurait dû avoir honte de faire peur comme ça aux filles et d'utiliser des petites bêtes qui nous avaient rien fait, parce que, nous autres, on avait pas le respect des personnes pis des animaux. Il a continué comme ça jusqu'au bureau de m'dame la directrice qui est à l'autre bout de l'école. Les oreilles me bourdonnaient. On aurait dit qu'il parlait comme tirait une mitraillette Uzi dans les films de Rambo. Tac tac tac tac tac ! Mais lui, son chargeur semblait pas pouvoir se vider.

Quand je lui ai dit d'arrêter de tirer ses balles et de jouer à Rambo, M'sieur David s'est énervé. Il m'a donné une claque en pleine face.

J'ai même pas pleuré. La claque était pas trop forte, pis avec ma mère, j'étais habitué.

Mais, il avait pas le droit de faire ça, le prof. Il y a des lois contre ça. Ils appellent ça la protection de la jeunesse. Après que je lui ai dit qu'il avait pas le droit de lever la main contre la jeunesse parce qu'elle est protégée, M'sieur David est devenu blanc comme un drap, il a arrêté de parler, pis il nous a ramenés en classe, même si on était rendu juste devant la porte du bureau de m'dame la directrice.

C'est quand même pas correct qu'aujourd'hui, c'est pas lui mais moé qui ait été arrêté par la protection de la jeunesse.

Ce soir-là, en sortant de l'école, je me suis vengé. Avec mon exacto, dans le stationnement, j'ai tailladé deux des pneus de son automobile. C'est sûr qu'il devait savoir que c'était moé qui avais fait le coup, mais il en a jamais parlé.

Juste avant que l'école ferme au mois de juin, M'sieur David m'a coincé dans le corridor. Là, il m'a craché, avec un mauvais sourire accroché à ses lèvres toutes minces, que moé pis ma « gagne » on serait en « cheminement particulier » au secondaire. Il semblait être content de ça, le prof. Moé, je comprenais pas qu'est-ce que ça voulait dire, ça fait que ça me faisait ni chaud ni froid. Pour moé, le principal c'était que je redoublais pas encore une fois et que je quittais enfin l'école primaire St-Rédempteur. Il était temps. À force de perdre mon temps à rien faire, j'étais rendu un peu plus vieux que les autres. À mon âge, c'était ennuyant d'être encore avec des bébés.

C'est vrai que M'sieur David en avait eu plein le dos avec nous autres. On l'avait fait souvent enrager. Mais, c'était pas notre faute. Il était tellement platte dans ses cours que même les mouches arrêtaient de voler pour dormir. Le vrombissement de leurs ailes se transformait en ronflements d'« apshmatiques ». Ben sûr, j'exagère un peu. Mais c'est M'sieur David lui-même qui nous avait expliqué qu'en littérature, la métaphore, c'est important pour montrer les états d'âme. Eh ben ! m'endormir, c'était vraiment mon état d'« âne » dans ses cours ! Ha ha ha !

Pendant les vacances d'été, moé, je suis resté à Hull. Je suis pas parti faire un tour à quelque part en campagne comme d'autres de l'école. Claude, Rémi pis Jean sont pas partis, eux autres non plus. Ça fait que tout l'été, on a niaisé dans notre quartier, sauf les fois où il faisait trop chaud. Là, on allait au Lac Leamy se baigner.

Ça, c'était toute une aventure d'aller se baigner. Ce lac-là est interdit de baignade quand il fait trop chaud. Justement quand c'est le temps d'aller se baigner ! Le lac Leamy est proche de notre quartier. Mais pour pouvoir y aller, il faut traverser l'autoroute.

Mon quartier est coincé entre deux parties de l'autoroute. Il y a celle qui va vers la rue Montcalm et qui passe juste à côté du ruisseau de la Brasserie. Il y a l'autre partie qui va, selon les pancartes, à Maniwaki. C'est elle qui bloque l'accès au Lac Leamy. Les autos roulent vite en tabarouette. Des fois, ça prend ben du temps avant qu'on puisse la traverser en courant de toutes nos forces. Une chose est sûre, la ville est pas faite pour nous autres. Il faut une voiture, sinon c'est dangereux en s'il vous plaît d'aller profiter de ce que M'sieur David appelait la « ceinture verte de la Capitale nationale ».

Il disait n'importe quoi, le prof.

Plus jeune, j'avais tellement peur de traverser l'autoroute, que je me baignais dans le ruisseau de la Brasserie. Je revenais toujours plus sale qu'avant. Ma mère me chicanait parce qu'elle trouvait ça dangereux que j'aille barboter là. Pourtant, moé, je trouvais que c'était bien plus dangereux d'aller au Lac Leamy que de jouer dans l'eau sale du ruisseau. Une fois, c'est vrai, j'ai attrapé une drôle de maladie aux jambes. Il a fallu m'amener à l'hôpital. Là, ils m'ont mis des bandages, du bout des orteils à « la laine ». Ils ont obligé ma mère à les changer tous les jours pis à me mettre une crème qui puait presque autant que le ruisseau. Ça a duré deux semaines avant que je puisse à nouveau jouer comme tout le monde. Depuis ce temps-là, j'ai décidé que l'autoroute était moins dangereuse que le ruisseau de la Brasserie.

Moé pis ma « gagne », on avait du gros fun au Lac Leamy. Au début, on se lançait dans l'eau en se tiraillant pour voir qui tomberait le premier et serait tout mouillé. Comme on savait pas nager, on voyait pas ce qu'on aurait pu faire d'autre. Mais les gens, après un certain temps, nous disaient d'aller jouer ailleurs. Après, on se calmait un peu, pis on commençait à regarder les filles. Des fois, on réussissait à en approcher une ou deux, à jaser un peu, mais là, on avait moins de fun, parce que les gars de la « gagne », ils prenaient ça trop au sérieux. Chacun notre tour, on voulait se montrer meilleur que les autres. Ça fait que tous les quatre, on faisait des singeries pour montrer qu'on était les meilleurs. Ça finissait souvent en chicane. Une fois, on s'est même battu pour le vrai ! Les filles disparaissaient vite fait, pis nous autres, on avait l'air fou.

Dans notre quartier, les filles pareilles à nous, celles qui viennent pas de pays étrangers, étaient bien plus faciles à approcher que les autres. Il y avait les sœurs Brûlotte qui se laissaient toucher. La plus vieille commençait à avoir des seins. Elle aimait ça qu'on la pogne entre deux maisons pis qu'on la tripote un peu. Mais dès qu'on voulait voir pis qu'on essayait d'enlever ses vêtements, elle se fâchait et partait en courant en nous criant après.

Moé, ça me gênait de faire ça. Je sais pas pourquoi. Mais, il me semble qu'il faut respecter les filles si on veut un jour être en amour avec une, se marier pis avoir des enfants qui seraient mieux que moé. J'ai pas connu mon père. Il est parti de la maison avant que je naisse. Ma mère est monoparentale la plupart du temps. J'ai connu plusieurs de ses chums, même qu'il y en a eu deux qui ont habité chez nous pendant quelque temps, mais c'est pas pareil. J'aurais aimé ça habiter chez une vraie famille comme on en voit à la tv. Ils ont l'air tellement heureux !

Justement, les vraies familles ont l'air d'exister qu'à la tv. À preuve, à part les Portugais, les Chinois, qui s'appellent Vietnamiens, pis les Espagnols, qui se disent Salvadoriens ou Guatémaltèques, dans notre quartier, il y a surtout des familles monoparentales. En tout cas, c'est

de même pour Claude, Rémi, Jean pis la plupart des autres gars que je connais.

Quand on parle d'une vraie famille, il faut-
tu dire qu'elle est stéréoparentale ? J'ai posé la
question à M'sieur David. Il a ri de moé
comme si j'étais E.T. en personne. Ça fait que,
après ça, je lui ai jamais plus posé de questions.
Je suis peut-être pas une lumière, mais j'ai
quand même ma fierté.

Des fois, on allait au parc Fontaine. Mais
vraiment, il y avait pas grand-chose à faire là.
La piscine était une barboteuse, le court de
tennis était payant, pis on avait même pas de
raquettes. On aurait ben aimé jouer au base-
ball avec les autres, mais on avait pas d'équipe.
Ça fait qu'on regardait. C'était ennuyant à la
longue. On pouvait pas faire les fous parce que
la police avait décidé de mettre dans le parc un
poste communautaire. Ça fait qu'on se sentait
toujours surveillés. Quand on utilisait nos
skates boards sur le chemin en asphalte qui tra-
verse les buttes, il fallait faire attention aux po-
liciers. Même les chiens devaient faire attention vu qu'ils avaient pas le droit d'aller dans le
parc. Ce parc-là était aussi pire que la messe à
l'église.

Des fois, on allait aux Galeries de Hull ou à
Place Cartier. On aimait bien le Zeller's de la
Place Cartier, mais c'était dangereux. On sa-
vait ben qu'on était surveillés parce que Jean
pis Claude avaient été pris en train de piquer.
On faisait attention.

Moé, je piquais plus — sauf dans la sacoche à ma mère, mais ça, c'était pas pareil — depuis que m'dame la directrice était venue à la maison dire à ma mère qu'elle devait rembourser les dix piastres que j'avais volées dans le bureau des profs ou bien qu'elle allait me dénoncer à la police. « Vous avez le choix ! » qu'elle avait précisé, la maudite. Ma mère a payé. Après, elle m'a battu avec l'une de ses ceintures en cuir. Elle m'a fait vraiment mal. Pendant deux jours, j'ai eu toutes les misères du monde à marcher comme il faut.

— T'as pas le droit de faire des affaires de même, qu'elle m'a dit. Je me saigne les veines à travailler pour gagner de l'argent pour que tu manques de rien, pis toé, tu vas voler tes profs. T'es stupide ou quoi ? Un vrai niaiseux ! qu'elle m'a lancé en sortant de ma chambre où je me tordais de douleur.

Ma mère avait raison. C'était niaiseux de faire ça, à preuve, je me suis fait pogner. Le pire, c'était que j'avais dépensé les dix piastres en coke, en chips pis en chocolat. C'était toute la « gagne » qui en avait profité. Manger une volée pour des foleries de même, ça valait vraiment pas la peine.

Avec un air dépité, ma mère m'a toujours dit qu'elle gagnait l'argent à la sueur de son physique. J'ai pensé que je devrais peut-être faire travailler du monde pour moé à la sueur de leur physique à eux autres, comme ça, c'est pas mon physique à moé qui serait exploité.

Chapitre II

Un « cheminement particulier »

Il me l'avait ben dit, M'sieur David, que si je continuais à faire le fou à l'école, je pourrais pas entrer dans une classe régulière à l'école secondaire de l'Île. À la rentrée de septembre, je me suis retrouvé au « cheminement particulier » avec Claude, Rémi, Jean et un tas d'autres élèves que je connaissais pas.

Je pense que le « cheminement particulier », c'est de l'éducation particulière pour des élèves qui ont des problèmes particuliers. Certains ont des problèmes de comportement, d'autres, le ciboulot pas mal fêlé. Ils disent d'eux qu'ils sont « pyschologiquement » instables. Mais, à vrai dire, la plupart sont pas assez intelligents pour suivre les cours normaux ou trop paresseux pour faire leurs devoirs. Il y en a aussi qui sont des retardés mentaux légers. Ils fonctionnent comme nous autres, mais un peu moins vite. Quand même pas dans tout. Il y en a un, Jean-René, qui est meilleur que toute la classe au calcul mental et à l'ordinateur. Mais il parle presque pas et sourit tout le temps. Tout le monde l'aime beaucoup. Personne a envie de lui taper dessus. De toute façon, il est plus grand et plus fort que nous autres.

À ben regarder tous les élèves, je suis sûr que toute la classe a les mêmes problèmes d'argent. Il y a pas un élève qui est bien habillé. Aucun a des vêtements ou des *running shoes* avec des marques connues cousues dessus.

Il me semble que cette situation est pas très particulière au quartier. Mais bon ! si ça les amuse de penser que la pauvreté vaut un « cheminement particulier » et qu'il nous faut des profs spécialisés pour nous apprendre les matières, moé, j'ai rien contre ! Surtout que notre prof attitrée, comme ils disaient, était ben mignonne.

Le premier jour, le directeur de l'école nous a parlés. M'sieur Guitard était tellement vieux que ses mains tremblaient tout le temps. Il nous a annoncé qu'on allait passer des tests d'intelligence pis qu'on rencontrerait le « pyschologue » de l'école. Son but, il nous disait, c'était de nous amener à progresser pour rejoindre les cours réguliers du secondaire I. Après son discours, il nous a présenté notre prof, Mad'moiselle Gauthier. Il nous a dit, qu'elle venait tout juste de sortir de l'université, qu'elle était une spécialiste en « pyschopédagogie » et qu'avec elle, on finirait par être de bons élèves, il en était sûr.

Moé, j'étais plutôt content d'être dans un « cheminement particulier », mais pas Rémi qui trouvait, lui, que c'était une classe pour débiles mentaux. J'ai pas osé lui dire que lui-même en était un et qu'il était chanceux de ne pas être à Pierre-Janet comme son père. Il aurait pas aimé ça que je parle de son vieux fou de père pis que je lui dise qu'ils se ressemblaient tous les deux. Quand il se fâche, il est dangereux en s'il vous plaît.

Dans le quartier, il y avait beaucoup de gens qui allaient à Pierre-Janet pour un boutte de temps. La pauvreté, ça devait rendre fou ! M'sieur Poirson, notre voisin de palier, un Juif algérien — c'est lui qui le dit — prétendait que les gens font semblant d'être fous pour prendre des vacances, recevoir leurs chèques de bien-être social en dépensant rien sauf pour les cigarettes.

Lui aussi, il est ben vieux, plus vieux que le directeur de la polyvalente. Sa peau est toute ratatinée. Il est retraité, qu'il dit. Il a fait l'holocauste quand il avait mon âge. Je savais pas ce que c'était avant qu'à la tv, ils parlent du cinquantenaire d'Auschwitz, là où des tas de Juifs ont été gazés par les nazis. Les nazis, c'étaient des sadiques qui tuaient ceux qui étaient juifs parce qu'ils avaient peur qu'ils prennent le contrôle du monde. Pourtant, on voit ben aux nouvelles à la tv que les Juifs ont des problèmes à contrôler leur pays à eux autres, Israël. Ça fait que pour le reste du monde… Ce que je comprends encore moins, c'est pourquoi ils font aux Arabes des choses qu'ils veulent pas que les autres leur fassent. M'sieur Poirson, il arrive pas à me répondre là-dessus. Il dit que c'est une erreur d'avoir créé ce pays-là, que lui, il a toujours été anti-sioniste. Il m'a expliqué que ce mot-là, Sion, vient de l'hébreu, la langue des Juifs, pis ça veut dire Israël. Il a beau être juif, M'sieur Poirson, il est quand même anti-Israël.

Ça, je comprends. Chez nous, il y a plein de Québécois qui sont anti-Québécois. Ils veulent pas d'un pays à eux autres, ils préfèrent rester dans un pays étranger qui parle même pas notre langue. Avec ma mère, des fois, on va magasiner à Ottawa, au Canada. Moé, je comprends rien à ce que les gens me disent, mais ma mère, à cause de son travail avec le public, elle parle l'anglais. Ça fait que, elle, ça la dérange pas d'être comme M'sieur Poirson, contre son propre pays.

Icitte, à la polyvalente, tout le monde est mélangé. Les Portugais, les Haïtiens, les Espagnols, les Chinois pis nous autres. Là-bas, dans le pays de M'sieur Poirson, on fait tout pour séparer les gens. Ils mettent même des Arabes dans des camps — c'est M'sieur Poirson qui me l'a dit.

M'sieur Poirson, il lit presque tout le temps. C'est pour ça qu'il porte des lunettes ben épaisses. Il a les yeux usés par les mots. C'est lui qui s'occupe de moé quand ma mère est pas là.

Au « cheminement particulier », on a rien fait ou presque pendant la première semaine. Chaque jour, des élèves allaient passer des tests de quotient intellectuel pendant que d'autres se pointaient chez le « pyschologue » scolaire. Ceux qui restaient en classe faisaient des exercices.

Notre maîtresse, Mad'moiselle Gauthier, un tout petit boutte de femme, à peine plus grande que moé, ben habillée, avec une jupe courte pis une blouse presque transparente — des fois, on pouvait voir sa brassière — nous faisait faire des dictées pis du calcul pour connaître notre niveau. Elle nous avait expliqué que, après ça, elle nous séparerait en petits groupes de travail selon notre niveau. Mais, avec le bruit des chaises, on avait ben du mal à entendre sa voix. Elle arrivait pas à parler fort comme M'sieur David qui, lui, était habitué au bruit. Ça fait qu'on avait de la misère à faire nos exercices et que notre niveau pouvait pas progresser.

C'était la première fois que Mad'moiselle Gauthier enseignait à une classe à elle. Elle venait juste de terminer ses études, pis elle se sentait un peu nerveuse qu'elle disait. Si on l'aidait, si on mettait de la bonne volonté, elle ajoutait, tout allait ben se passer. C'était bizarre que nous autres, qui avions besoin d'un « cheminement particulier », parce qu'on était pas assez bon pour le régulier, on soit pris en charge par un prof qui connaissait pas encore son métier.

Quand Mad'moiselle Gauthier a corrigé les dictées pis les problèmes de calcul, elle s'est ben rendu compte qu'on était pas des lumières.

Les premiers jours, on se tenait tranquille. À force de vouloir comprendre ce qu'elle disait, on avait même pas l'idée de faire les fous. Pis, il y avait toujours le « pyschologue » scolaire ou le responsable des tests d'intelligence qui venaient dans la classe chercher un élève ou en ramener un, ça fait que, nous autres, on était sur nos gardes.

Avec la fin des tests, on a commencé à tester la résistance de notre maîtresse. Rémi pis Claude échappaient leur crayon pour se pencher. Comme ça, ils pouvaient regarder sous la jupe de Mad'moiselle Gauthier quand elle était assise à son bureau. Quand ils ont dit aux gars de la classe qu'elle portait pas de petite culotte — ce qui était pas vrai — presque toute la classe échappait tout le temps des crayons. La maîtresse s'en est aperçu. Elle a rougi comme une tomate. Au début, elle essayait de baisser sa jupe en bas des genoux. Comme ça marchait pas, elle croisait les jambes, mais elle se cognait sur le bureau et brisait ses bas de nylon. Finalement, elle est restée debout tout le reste de la journée.

Le lendemain, elle portait des pantalons.

Un matin de la deuxième semaine, Mad'moiselle Gauthier est arrivée en retard dans la classe. Elle aurait pas dû. Parce que quand elle est entrée, la classe était sens dessus dessous. On avait commencé par s'envoyer des avions en papier. Après, on avait mis le feu aux avions qu'on se lançait. Pis un débile que je connaissais pas a lancé sa chaise sur le tableau noir. Les autres ont trouvé ça drôle et ont commencé à faire la même chose. À la fin, presque toutes les chaises étaient devant la classe. Là, on s'est divisé en deux groupes, les pupitres ont été renversés, pis chaque groupe, caché derrière des tables, a lancé tout ce qu'il y avait dans la classe sur l'autre groupe. Il y en a qui ont reçu des choses sur la tête. Ils se sont mis à sacrer comme s'ils étaient en train d'être égorgés. C'était pas beau à entendre.

Quand Mad'moiselle Gauthier est arrivée pis a vu ça, elle est restée sans voix pis elle a commencé à pleurer. C'était trop pour elle. Elle est partie voir m'sieur le directeur.

La classe s'est même pas calmée. Il y en a qui voulaient se venger. Deux débiles de l'autre « gagne » ont sorti leurs couteaux parce qu'ils voulaient avoir la peau de ceux qui les avaient visés. Les quatre filles de la classe ont commencé à hurler tellement fort que j'avais l'impression que mes oreilles allaient éclater. M'sieur le directeur est arrivé à ce moment-là. Il a, lui aussi, hurlé après nous autres, mais il était même pas capable de désarmer les deux débiles, ça fait que la bataille entre eux pis ma « gagne » a commencé. Moé, j'ai sorti mon exacto, Jean pis Rémi aussi. On était trois contre deux, ça fait que les débiles ont reculé. À ce moment-là, M'sieur Guitard est revenu avec d'autres profs de l'école. Ils sont arrivés tout essoufflés, mais ils ont quand même réussi à séparer tout le monde. Ils nous ont fouillés pour trouver nos couteaux. Ça a pas pris de temps pour qu'ils en découvrent huit, dont le mien.

Ils avaient l'air écœuré de s'apercevoir qu'on venait à l'école armé. Ils en revenaient pas, qu'ils répétaient sans cesse, comme s'ils venaient de faire une terrible découverte.

M'sieur le directeur a fait venir les parents des élèves à l'école pour leur raconter ce qui s'était passé. Moé, pis les autres qui avaient des couteaux, on a été suspendu pendant une semaine. Il a menacé nos parents de nous interdire l'école, si on recommençait. Ma mère était pas contente pantoute. Aller à l'école à neuf heures le matin quand elle est pas couchée avant quatre ou cinq heures la nuit, c'est pas quelque chose pour la mettre de bonne humeur. Elle était fâchée noir contre moé en revenant à la maison. Entre les claques qui pleuvaient sur ma caboche, elle arrêtait pas de crier que si j'arrêtais pas de faire le niaiseux, j'irais dans une famille d'accueil, pis je serais ben malheureux. J'osais pas lui demander si une famille d'accueil, c'était une vraie famille comme on en voit à la tv, parce que si c'était le cas, j'allais niaiser en tabarouette pour y aller.

Dans notre quartier, il y a deux « gagnes » qui essayent de tout contrôler. Quand on les voit, on disparaît vite fait. Eux autres aussi, ils sont supposés être à la polyvalente. La « gagne » qui se tient près de chez nous s'appelle Les Terminators. Elle a son quartier général dans notre immeuble à loyers modiques, rempli de familles monoparentales pis de vieux comme M'sieur Poirson. Eux autres, ils font de l'argent. Ils portent des Nike ou des Reebok, pis des chandails rouges. L'autre « gagne », qui habitent dans le coin de la rue Eddy, c'est des skinheads. Eux autres, ils ont la tête rasée. Ils portent des Doc Martens avec des lacets blancs, pis leurs t-shirts sont toujours blancs avec des dessins dessus et des phrases en anglais. Les Doc Martens, c'est mieux, parce qu'avec les bouttes en fer, tu peux te défendre.

Moé, j'aurais préféré être skin parce, eux autres, ils sont plus forts que les Terminators même s'ils sont moins nombreux. Ils me font ben plus peur.

À l'école, ils se gênent pas pour frapper les punks qui viennent d'autres quartiers que le nôtre pis qui sont des enfants de riches. Ils s'amusent aussi à frapper les Nègres pis les Chinois. Moé, j'ai pas de problèmes avec les Nègres pis les Chinois. Ils sont toujours ensemble pis ils m'ont jamais achalé. Mais les skins crient après eux autres. Ils disent qu'il faut que les inférieurs retournent dans leur pays. M'sieur Poirson m'a expliqué que les skins, c'était des racistes comme les nazis. Des sadiques fêlés du ciboulot, quoi ! Il m'a dit aussi que, comme pour lui, leur pays aux immigrants est icitte maintenant, pis que dire le mot nègre c'est pas correct, ça fait que moé, je comprends plus rien aux questions de pays. Ça a pas d'importance vu que dans notre quartier, tout ce monde-là vit ensemble pis il y a pas de problèmes à part les skins quand ils viennent chez nous.

Les Chinois, eux autres aussi, ont une « gagne » d'autodéfense qu'ils disent. Ils s'appellent les Dragons. Ils sont assez tranquilles comme « gagne », mais ils ont pas peur de se battre avec les skins. Eux autres, on peut les voir dans le parc faire des exercices de karaté pendant que leurs vieux font la même chose, mais plus lentement. Ils appellent ça du tai-chi. En tout cas, les Chinois, qui sont des Vietnamiens, se préparent tous, les jeunes comme les vieux, à combattre les skins. Nous autres, ceux qui viennent pas de pays étrangers, nos parents font rien, à part de boire de la bière sur les galeries pis de fumer des cigarettes. Mais c'est vrai que les skins les trouvent supérieurs, ça fait qu'ils s'en prennent pas à nous autres.

Moé pis ma « gagne », on s'est pas encore trouvé un nom. Parce que peut-être on est pas une vraie « gagne » comme les autres ? On se tient ensemble, on fait des mauvais coups de temps en temps, mais c'est pas ben important, ça fait qu'on est pas encore une vraie « gagne ». Une fois, on a pensé voler le dépanneur du coin, mais on avait trop peur, ça fait qu'on a rien fait. Il aurait fallu un revolver. C'était pas avec des exactos qu'on allait faire peur à M'sieur Tremblay.

Comme dit ma mère, on a encore la morve au nez, ça fait qu'il va falloir se moucher encore pas mal avant de se trouver un nom de « gagne ». Mais quand même, moé pis ma « gagne », on fait peur aux autres gars de notre âge, ça fait qu'on est respectés dans le quartier. Il y a pas plus important que le respect vu que ça fait qu'on est pas achalé par les autres... Pis, à vrai dire, on a pas d'autre chose que ça : le respect de ceux qui sont plus faibles que nous.

Chapitre III

Le vieux pervers

DANS notre immeuble, il y a un M'sieur qui tourne autour des gars de mon âge. Il nous invite à boire de la bière, à fumer des cigarettes, à manger des chips pis à regarder avec lui des cassettes vidéo de sexe. Il est un peu plus vieux que ma mère pis il travaille pas.

C'est un vieux pervers qu'elle a dit ma mère quand je lui ai parlé du m'sieur qui tournait autour de nous autres. Elle veut pas que j'aille le voir.

Avant, moé pis ma « gagne », on évitait M'sieur Legault. Mais maintenant, le midi, je vais manger de temps en temps chez lui. Parce que la soupe populaire est ben loin de la polyvalente, parce que j'ai pas d'argent pour aller à la cafétéria de l'école, pis parce que ma mère a pas le temps de me faire un lunch — à midi, elle dort encore. Là, il me bourre de chips, de gâteaux Vachon pis de Pepsi ou de Seven-Up. J'aime ben ça, mais pas la bière. Des fois, je fume des cigarettes. Je tousse, mais c'est comme la colle qu'on sniffe : après je me sens tout drôle, comme étourdi. Quand je peux fumer, je fume. Je sais pas pourquoi, parce que moé je trouve pas ça très bon au goût, mais c'est comme si je me sentais plus vieux, plus important. Je fume pas souvent, parce que ça coûte cher, les cigarettes.

Pendant que je mange ses cochonneries, M'sieur Legault me fait écouter des cassettes de sexe. Au début, il me montrait des hommes pis des femmes en train de faire le sexe, pis après il m'a montré des femmes avec des femmes, pis encore après des hommes avec des hommes pis avec des jeunes comme moé ou même plus jeunes que moé. Moé, je me trouvais niaiseux, parce que, à mon âge, j'avais jamais fait le sexe. Ça fait que, pour pas passer pour un débile, je faisais semblant d'en savoir plus que dans la réalité.

Les cassettes de M'sieur Legault me rendaient mal à l'aise.

M'sieur Legault arrêtait pas de se toucher le sexe dans son pantalon quand il regardait ses cassettes cochonnes. Il faisait des « hum ! », des « ah ! » pis d'autres sons pareils à ça. À part le sexe, les cassettes de M'sieur Legault avaient rien d'autre. C'était pas comme mes cassettes de Rambo. Celles de M'sieur Legault ont pas d'histoire, pis quand les acteurs parlent, je comprends rien : elles sont rien qu'en anglais. C'était ben platte, pas au début parce que c'était la première fois que je voyais ça, mais à la longue, c'était presque toujours la même chose.

Quand M'sieur Legault mettait les cassettes des hommes avec des enfants, là c'était pas pareil. Il était ben plus excité. Il respirait fort, même des fois, il suait. Pis, une fois, il m'a posé des questions. Il m'a demandé si j'avais déjà fait ça. Moé, je voulais pas avoir l'air niaiseux, ça fait que j'ai dit oui. Après, il m'a demandé combien de fois. Là, j'étais pogné, je savais pas quoi dire, ça fait que j'ai répondu que j'avais pas compté. M'sieur Legault avait l'air d'aimer mes réponses.

Un jour, il m'a proposé de faire avec moé la même chose qu'on voyait à la tv. Je savais pas quoi faire. Ça me gênait en s'il vous plaît. Il m'a dit qu'il me donnerait cinq piastres si je me laissais faire. Il y avait une cassette qui jouait où des m'sieurs faisaient ça à des gars de mon âge, ça fait que j'ai pensé dire oui, mais je me suis souvenu que c'était ça travailler avec son physique, ça fait que j'ai dit non. Je voulais quand même avoir les cinq piastres. J'ai donc proposé au pervers de recruter des jeunes pour lui. Ça fait que c'est comme ça que j'ai commencé à vendre des cassettes de sexe à l'école et à inciter les autres élèves à faire de l'argent

en se laissant tripoter par M'sieur Legault.
J'avais trouvé un moyen pour gagner de l'argent avec le physique des autres.

Après avoir niaisé toute la semaine avec Rémi pis Jean, le lundi, je suis revenu dans la classe de Mad'moiselle Gauthier. J'avais hâte de revenir, parce que j'avais vraiment décidé de développer ma tête pour progresser au secondaire I pis faire de l'argent.

Mad'moiselle Gauthier semblait pas ben heureuse. Des problèmes, il avait continué d'en avoir dans la classe. M'sieur le directeur s'en était ben rendu compte. Il y avait eu d'autres suspensions d'élèves. Quand les huit, on est revenu, on était quand même juste dix-sept dans la classe. Il manquait pas mal de monde.

Il faut dire qu'on faisait les fous plus que dans la classe de M'sieur David, parce que là, on était pas seulement quatre à faire des foleries, mais, à part Jean-René, on était toute la classe à faire les fous. Il aurait fallu un vrai spécialiste pour la classe, quelqu'un qui connaisse la boxe ou le karaté, je sais pas moé.

Mad'moiselle Gauthier était ben fine. Elle essayait de jamais se choquer. Elle voulait dialoguer avec nous autres, qu'elle disait. Sauf qu'un jour, elle s'est énervée pour vrai pis elle a serré le bras à Rémi. Ça, c'était pas intelligent de la part de la maîtresse, parce que Rémi, comme son père, il est vraiment débile. Il a pris son crayon à mine pis il a donné un coup à Mad'moiselle Gauthier. La maîtresse a commencé à gueuler comme j'avais jamais entendu. Le directeur pis plein d'autres profs sont venus voir ce qui se passait. Quand ils ont vu le bras de la maîtresse qui saignait, ils se sont fâchés noir. Ils ont pogné Rémi, lui ont donné des claques sur la tête pis des coups de pied au derrière. Rémi a commencé à pleurer comme une fille. Il faut dire qu'il se faisait taper dessus en tabarouette. C'était pas beau à voir. J'ai pas osé dire au directeur pis aux autres profs qu'ils avaient pas le droit de fesser la jeunesse parce qu'elle était protégée.

Rémi a mangé toute une volée pis il a été mis dehors de l'école.

On a pas vu Mad'moiselle Gauthier pendant plus d'une semaine. Elle était en congé de maladie, a expliqué son remplaçant, un gars fort comme un bœuf, mais laid en pas pour rire. Il avait juste à nous regarder un peu de travers, pis tout le monde se calmait.

Parce que l'école est obligatoire jusqu'à seize ans, la mère de Rémi est venue voir M'sieur Guitard pour qu'il reprenne son fils à la polyvalente. Le directeur, au début, voulait rien savoir. La mère à Rémi a une vraie tête de cochon, ça fait qu'elle l'a eu à l'usure, M'sieur Guitard. Mais le directeur, lui, il est pas fou. Il voulait pas que Rémi soit dans la classe de

Mad'moiselle Gauthier, ça fait qu'il l'a mis dans la classe des débiles profonds. Je pense qu'ils appellent ça le « cheminement continu ».

Quand la maîtresse est revenue, on a ben vu qu'elle était pas à l'aise avec nous autres. Elle se promenait plus comme avant dans les rangées. Elle nous donnait plus des petites tapes d'encouragement sur la tête quand on travaillait comme il faut.

Mad'moiselle Gauthier a décidé de diviser la classe en deux, en mettant ensemble ceux qui savaient lire un peu pis compter, pis ceux qui savaient pas vraiment lire pis compter. Moé, j'étais avec ceux qui savaient lire un peu pis compter. Jean et Claude étaient dans l'autre groupe. C'est à cause de M'sieur Poirson que j'étais dans le premier groupe parce que, lui, il me passait souvent des livres avec des images pis il me forçait à lire devant lui, ça fait que j'avais progressé. Mais pour le calcul, là, il m'avait rien montré, ça fait que j'étais pas trop fort.

À la polyvalente, on se mêlait pas avec les autres élèves. On était pas aimés pantoute. Les autres élèves des classes régulières ou encore ceux de l'École internationale — des bols eux autres — nous traitaient de débiles. Ils savaient ben qu'on avait des problèmes pour réussir nos études.

Mad'moiselle Gauthier commençait à s'habituer à nous autres. Elle faisait des efforts particuliers pour mon groupe. Elle disait que les élèves de ce groupe-là avaient peut-être des chances de réussir leur année. Mais pour l'autre groupe, elle avait ben compris que c'était pas nécessaire de leur faire faire plein de dictées pis des devoirs. Ça fait qu'eux autres, ils faisaient pas grand-chose, sauf un peu de lecture, surtout des bandes dessinées.

Chapitre IV

La snob
de l'École internationale

LE midi, je mangeais assez souvent chez M'sieur Legault. J'avais négocié avec lui. Je vendais pour lui des cassettes de sexe aux élèves de mon école — ça me donnait cinq piastres à chaque fois, le reste de l'argent c'était pour lui — pis j'essayais de lui trouver des jeunes qui accepteraient de venir chez lui. Là aussi, il devait me donner de l'argent.

La veille, j'avais vendu ma première cassette de sexe à un élève de secondaire 3. Avec le profit de ma première vente, j'avais décidé de me payer un hamburger à la cafétéria de l'école.

– Tiens ! v'là un débile ! a ricané la fille au moment où je m'asseyais à côté d'elle.

Alors, j'ai fait comme si j'avais rien entendu, pis j'ai échappé mon plateau sur elle.

Elle s'est levée en vitesse en poussant un hurlement. Les patates frites devaient être brûlantes.

La petite snob de la cafétéria, elle m'avait enragé. Je suis pas un débile. Moé, je me sers de ma tête, pis j'ai un but dans la vie : devenir riche, fonder une vraie famille pis vivre heureux.

Je suis plus retourné à la cafétéria. C'était mieux comme ça, parce que je l'aurais défigurée, la snob. Le midi, j'allais chez M'sieur Legault, mais je pensais tout le temps à cette fille-là. Je l'avais bien repérée. Elle faisait partie de l'École internationale, là où on mettait les élèves les plus bolés.

La snob, elle s'appelait Annie-Maude. Elle était belle en sapristi avec ses cheveux blonds, ses Nike pis ses jeans 501.

J'ai voulu la suivre à la sortie de l'école, mais sa mère venait tous les jours la chercher en voiture. Elle était même pas capable de rentrer chez elle toute seule, la snob. J'ai su son adresse par un autre élève. Elle habitait rue Lévis dans le quartier Mont-Bleu. Elle pouvait ben être snob.

J'ai été voir où elle vivait, un soir après l'école. J'ai eu de la misère à trouver. Ce quartier-là est assez loin de chez nous, pis les rues sont difficiles à dénicher. On peut tourner en rond longtemps. La même rue peut tournoyer sur elle-même, ça fait qu'on peut se perdre facilement. La rue où elle habite ressemble pas à la rue où je vis. Il y a là que de grosses maisons unifamiliales avec un grand terrain devant. Pis derrière chez elle, c'est le Ravin bleu, un champ où il y a rien d'autre que la nature.

Devant le garage de la maison, il y avait deux voitures : une Lexus pis une Volkswagen familiale.

On voyait ben que ces gens-là avaient beaucoup d'argent, qu'ils avaient pas besoin de travailler à la sueur de leur physique pis qu'ils avaient tout le temps devant eux pour développer leur esprit.

Ça me dérangeait pas, leur argent, Annie-Maude non plus, parce que maintenant que je savais où elle vivait, il fallait plus qu'elle me traite de débile, sinon je lui ferais son affaire.

La fin de semaine, je restais à la maison le matin pour regarder mes cassettes de Rambo ou de Schwarzenegger. Je devais mettre un casque pour écouter les films parce que ma mère dormait.

Je voyais moins ma « gagne » qu'avant. Il fallait ben avoir du temps pour vendre mes cassettes. Pis, depuis que Rémi était plus dans notre classe, c'était plus pareil. La « gagne » se défaisait petit à petit.

L'après-midi, quand j'étais pas avec la « gagne », j'allais avec mon *skate* au centre commercial Place Cartier. Un jour, j'ai rencontré Mad'moiselle Gauthier. Elle m'a vu pis elle m'a appelé. J'avais peur que quelqu'un de l'école nous voie, parce que je voulais pas passer pour le chouchou de la maîtresse. J'ai été chanceux, parce qu'il y avait personne de l'école dans le coin. Elle m'a amené à un casse-croûte de la place, pis elle m'a payé un coke.

– Tu progresses bien à l'école, elle m'a dit.

J'ai baissé les yeux. J'étais gêné, mais ben content aussi.

Elle a ajouté :

– J'espère que tu vas continuer à faire des efforts.

Elle m'a souri, pis elle a souligné :

– Tu es assez intelligent pour étudier dans une classe régulière. Tu as toutes les qualités requises pour réussir tes études. Il faut juste que tu continues à travailler. Tu vas le faire, hein ?

J'ai dit oui pour qu'elle arrête son disque, parce que plus ça allait, plus je sentais mes joues rougir. Pis moé, je suis pas habitué de recevoir des compliments, ça fait que je sais pas quoi faire quand ça arrive.

Quand j'ai voulu partir, elle a passé sa main dans mes cheveux comme si elle avait été ben contente de me voir. Ça m'a fait tout drôle. J'ai ressenti comme un frisson sur tout le corps. Avec une toute petite voix, je lui ai dit à lundi pis je l'ai laissée là.

Plus loin, je me suis retourné pour la regarder. Elle a souri en me faisant un grand signe de la main. Un autre grand frisson m'a donné la chair de poule.

Finalement, j'étais ben content de l'avoir rencontrée. J'avais envie de réussir comme jamais mes études. Je me suis promis de travailler dur à l'école.

Quand je suis rentré à la maison, je suis passé chez M'sieur Poirson pour qu'il me passe un livre. Il m'a donné *Le Comte de Monte-Cristo*, un roman d'aventure. Quand ma mère s'est réveillée, j'étais en train de lire dans la cuisine. Pendant qu'elle faisait bouillir de l'eau pour son café, elle m'a regardé d'un drôle d'air.

– T'es pas malade au moins ? qu'elle m'a demandé.

Il faut la comprendre, chez nous, lire un livre, c'est pas normal.

C'est au mois d'octobre que j'ai rencontré Toussaint. Il pleuvait dehors. Je niaisais au centre commercial. Le dimanche après-midi, quand il pleut, il y a pas grand-chose à faire. M'sieur Poirson pouvait plus me passer des livres pour des jeunes de mon âge, il en avait plus. Il me disait que je devais m'inscrire à la bibliothèque municipale, mais je savais pas comment faire, ça fait que je passais le temps à rien faire. C'est pas tout à fait vrai ce que je dis là parce que, au centre commercial, il y a une librairie avec plein de livres dedans. J'aurais ben aimé ça avoir tous ces livres-là à la maison.

Ça fait que je flânais souvent dans la librairie. Je me promettais de vendre le plus de cassettes possible pour m'acheter le plus de livres possible.

J'avais quand même lu six livres en moins de quatre semaines, pis pas des petits. Un record Guinness. Ma mère me reconnaissait plus. Elle m'a même dit un soir, avant qu'elle parte pour travailler, qu'elle était fière de moé. Tout de suite après, elle a ajouté :

– Oublie pas de faire tes devoirs ! La lecture, c'est ben beau, mais c'est pas ça qui va te permettre de passer ton année.

Quand même, sa voix était douce. Elle me chicanait pas vraiment.

Toussaint suivait une petite vieille qui avait de la misère à marcher comme il faut. Lui, il avait dans les dix-huit ans. Quand il a tiré sur la sacoche, la petite vieille a crié. Un garde de sécurité s'est mis à courir vers lui en gueulant :

– Eh ! le nègre, lâche-la !

Il a passé devant moé, alors j'ai tendu la jambe pis le garde est tombé.

M'sieur Poirson m'a expliqué plusieurs fois que le racisme, c'est la pire des choses. Il y a des gens qui tuent du monde juste parce que ce monde-là est pas pareil à eux. Un jour, il m'a montré le tatouage qu'il avait sur le bras. C'était des numéros qu'on avait inscrits sur sa peau dans le camp de concentration nazi où il est passé proche de mourir. Les nazis tatouaient des numéros sur les gens pour les reconnaître.

Ça ressemblait à la carte d'assurance-maladie, où chaque personne a son propre numéro, sauf que celui des nazis était pas sur une carte en plastique pis il assurait que la personne qui le portait allait être ben malade, qu'elle avait beaucoup de chances de mourir. C'était une assurance-mortalité !

M'sieur Poirson m'a dit qu'il fallait absolument s'opposer au racisme pis le combattre sinon on valait pas mieux que les racistes. Ça fait que c'est pour ça que j'ai donné une jambette au garde de sécurité.

Je me suis sauvé vite fait. J'ai traversé le stationnement à toute vitesse, pis, arrivé sur St-Joseph, j'ai piqué tout droit vers l'autre centre commercial, les Galeries de Hull.

Toussaint m'a repéré aux Galeries. Il m'a tendu son paquet de cigarettes, avec un sourire scintillant. Il avait des dents incroyablement blanches. J'ai pris une cigarette. J'allais pas refuser quand même !

– Heureusement que t'étais là, m'a dit Toussaint.

Il a ajouté :

– Je t'en dois une, mon vieux.

Il m'a invité à boire un coke. J'ai accepté.

Il a posé plein de questions sur moé, sur ce que je faisais, où j'habitais, à quelle école j'allais. Il semblait content de me parler, d'en savoir plus sur moé.

Après un moment de silence, il m'a demandé pourquoi je l'avais aidé. Ça fait que je lui ai expliqué ce que M'sieur Poirson m'avait raconté sur le racisme pis les camps de la mort.

Toussaint, sérieux comme un pape, a opiné de la tête pis a présenté sa main pour que je la lui serre comme le font les adultes.

Il m'a offert une autre cigarette pis il m'a dit sur un ton grave :

– T'es quelqu'un de correct. Si t'as besoin de moé, t'as rien qu'à venir au Subway de le boulevard St-Joseph, je suis presque tout le temps dans ce coin-là, pis si j'y suis pas, les autres gars de ma « gagne » pourront te dire où je suis.

– Comment je vais pouvoir savoir c'est qui les gars de la « gagne » ?

– C'est simple, ils sont tous comme moé. Tout le monde vient d'Haïti. Tu pourras pas te tromper.

Il a lâché un grand rire.

Toussaint, c'était un maudit bon gars.

À l'école, ils avaient organisé une activité pour toutes les classes du secondaire 1 et 2. Après une visite au musée pour voir l'exposition sur les sauriens, on devait participer à un concours de dessins et de maquettes de dinosaures. Depuis que *Jurassic Park* était sorti au cinéma, tout le monde aimait les dinosaures.

Annie-Maude était responsable avec deux autres filles de l'École internationale du montage de l'exposition. Elles s'étaient donné beaucoup de mal pour faire tout ça.

Ça me semblait réussi. C'était moins beau qu'au musée, moins impressionnant aussi, parce que les maquettes étaient plus petites, mais c'était bien fait.

Je sais pas qui a détruit leurs maquettes pis déchiré en mille morceaux les dessins, mais un matin, on a tout retrouvé par terre. C'était juste bon pour les sacs à vidange.

À l'école, il y a eu un brouhaha pas possible. On a immédiatement soupçonné les élèves du « cheminement particulier ». M'sieur le directeur est venu dans notre classe demander qui avait fait le coup. Ben sûr, personne a répondu. J'espère qu'il s'attendait pas à obtenir une réponse, quand même !

Annie-Maude a pas supporté que Claude, Rémi, Jean ou d'autres — je sais pas qui, mais je jure que c'était pas moé — aient massacré son exposition. Je la voyais dans la cour de l'école, à la récréation, lorgner dans notre direction. On devinait la haine dans ses yeux. Mais, étrangement, ils avaient aussi l'air triste.

Ça m'a tout retourné.

Ça fait que, comme j'avais de l'argent, à cause de la vente des cassettes, j'ai acheté un livre sur les dinosaures à la librairie Réflexion des Galeries de Hull. C'était un livre super beau, avec plein d'images de diplodocus pis d'autres bébittes préhistoriques. J'aurais bien aimé le garder pour moé. Mais bon ! comme j'avais décidé que ce livre-là, je le donnais à Annie-Maude, je me suis dit que non ! il fallait pas que je le garde pour moé ! De toute façon, avoir un livre à moé à la maison, ça aurait donné des soupçons à ma mère. Jusqu'à présent, j'avais juste des cassettes, cadeaux que ma mère me faisait à Noël ou à mon anniversaire.

Comme je savais où Annie-Maude habitait, j'ai attendu devant chez elle qu'elle sorte pour lui montrer le livre. Elle est venue vers moé avec des points d'interrogation dans les yeux. C'est à ce moment-là que je lui ai dit que j'avais un cadeau pour elle.

Elle a été super étonnée.

Quand je lui ai répété que c'était pour elle ce livre-là, elle a seulement dit : « Merci, je ne m'attendais pas à ça. » Pis elle m'a regardé longtemps. C'est là que j'ai remarqué ses yeux verts — je savais pas que ça existait. Finalement, elle est rentrée chez elle avec le livre sous le bras pis moé je suis reparti vers mon quartier.

J'ai pensé qu'il faudrait que je m'achète un bicycle pour que ça prenne moins de temps pour aller visiter Annie-Maude.

Dans le fond, ce qui comptait pour moé, c'était qu'elle me prenne pas pour un débile comme ceux qui avaient détruit son exposition. En lui offrant un livre, je lui donnais une preuve que j'étais pas comme eux autres.

Le lendemain, c'était jeudi, j'avais décidé de pas aller à l'école, je voulais regarder *Jurassic Park* sur la vidéo. J'avais acheté la cassette avec l'argent qui me restait. Avant que ma mère se réveille, je suis parti de l'appartement. Je voulais voir Toussaint. J'ai poireauté devant le Subway, mais il était pas là. En face du restaurant, il y avait tout un tas d'Haïtiens qui discutaient.

Quand j'ai décidé que j'avais rien à faire là, que c'était pas drôle d'attendre pour rien, le Toussaint est apparu. Il était de l'autre bord de la rue. Il l'a traversée comme s'il y avait pas de voitures. On s'est dit salut en se tapant une fois dans la main pis en cognant poing contre poing, mais pas trop fort.

Il savait comment s'y prendre !

Toussaint avait une veste de cuir, une casquette avec la visière en arrière de la tête, un jean Levi's pis des Doc Martens avec des lacets noirs.

Il a bien vu que j'enviais comment il était habillé. Parce que moé, j'avais l'air débraillé avec le survêtement bas de gamme que ma mère avait acheté au Tigre géant. Même mes *running shoes*, c'était pas des vrais. Il y avait rien d'écrit dessus.

– T'es habillé comme un vieux schnock, m'a chanté Toussaint avec sa voix créole.

Il était pas méchant. Il disait ça comme s'il me plaignait.

On a été boire un coke au Subway. Là, il m'a proposé de l'ouvrage. Il m'a expliqué que si je voulais faire partie de sa bande, je pouvais, qu'il en avait parlé aux autres, pis que tout le monde était d'accord parce que ce j'avais fait pour lui, les autres pensaient que je l'aurais fait pour eux.

Il m'a dit :

– T'es un peu jeune, ça fait que tu vas faire le guetteur. Personne va se méfier de toé.

J'avais un peu peur, parce que voler des maisons, ça finit mal des fois. Dans notre quartier, il y a le frère de Rémi qui s'est fait pincer. Il est en prison en ce moment. Mais, d'un autre côté, j'allais pas rester attifé comme un vieux schnock toute ma vie. Pis pour séduire Annie-Maude, il valait mieux que je porte du linge qui lui fasse pas honte.

Avant, ça me dérangeait pas comment j'étais habillé. Mais maintenant, je sais que c'est important. Un gars, d'un seul coup d'œil, on le respecte ou pas. S'il a l'air d'un débile, ça se voit tout de suite. L'apparence, ça compte en s'il vous plaît. C'est vrai aussi pour les filles. Par exemple, ma mère quand elle se prépare pour aller à l'ouvrage, elle se ressemble plus. Elle sort des toilettes toute transformée. Elle est ben mieux qu'avant. Elle fait ça pour les clients, parce qu'elle veut le plus de *tips* possible. Pis il y a la sœur de Claude qui voudrait ben ressembler à l'actrice d'*Alerte à Malibu*, Pamela Anderson. Mais, elle peut pas. Elle gagne pas assez d'argent où elle travaille. Ça coûte cher en tabarouette de se faire refaire le visage, de se faire opérer les seins pour qu'ils deviennent ben gros, d'avoir de nouvelles dents pis tout le reste. Elle ramasse le plus d'argent possible. Mais ça va lui prendre des années. À ce moment-là, elle sera trop vieille. C'est tout de suite qu'on a le respect ou jamais.

Ça fait que j'ai dit à Toussaint que j'acceptais l'ouvrage. Il m'a demandé de revenir demain soir. Ils allaient faire une ou deux maisons. Il faudrait que j'amène avec moé un ballon parce que je jouerais dans la rue pendant qu'ils pénétreraient dans les maisons. Si les propriétaires arrivaient ou la police, j'avais rien qu'à siffler. Il était certain que ces gens-là feraient pas attention à un jeune qui joue au ballon dans le milieu de la rue.

— C'est cool comme plan, non ?

Toussaint a ajouté :

— Après le coup, je te refilerai ta part.

J'étais ben content, parce que de l'argent, on en a jamais assez.

Chapitre V

Une fête ben platte

LE vendredi à l'école, je pensais tellement au vol auquel j'allais participer
que je faisais rien d'autre en classe. Mad'moiselle Gauthier sentait ben qu'il se passait
quelque chose, mais elle a pas insisté.

À la récréation, j'ai zieuté la cour de l'école
pour repérer Annie-Maude. Elle était là avec
ses amies, à l'autre bout de la cour, pis elle m'a
fait un petit signe de reconnaissance de la
main. Elle pouvait pas en faire plus. Après
l'histoire des dinosaures, c'était risqué pour
elle de discuter avec un élève du « cheminement particulier », elle aurait pu faire rire
d'elle ou encore se faire questionner jusqu'à la
fin des temps. C'était donc pas le moment
d'entreprendre quoi que ce soit.

En sortant de l'école, j'ai été rue Lévis, chez Annie-Maude. Au boutte d'un moment, elle est sortie de chez elle.

Je savais pas quoi lui dire. J'avais jamais parlé à une fille qui m'attirait. En fait, dans le fond, quand j'y pense comme il faut, à part ma mère, j'avais jamais vraiment parlé à une fille.

C'est bizarre quand même : la vie des gars pis des filles semble se passer comme si on vivait sur deux planètes différentes. C'est un peu comme les histoires sur les races que me raconte M'sieur Poirson. On dirait qu'il y a un fossé profond entre les gars pis les filles. Sauf que, quand on est attiré par une fille, là, on a vraiment envie de lui parler. Ça fait que le fossé, on saute par-dessus.

Une chance qu'elle a pris l'initiative, parce que moé, j'avais l'air niaiseux en tabarouette à pas savoir quoi lui raconter !

Elle m'a dit qu'elle regrettait de m'avoir traité de débile à la cafétéria et qu'elle ne m'en voulait plus d'avoir balancé mon assiette sur elle. Le livre sur les dinosaures, elle l'avait lu ; elle avait trouvé ça super intéressant.

Finalement, la snob était pas si snob que ça, même qu'elle était ben cool.

Moé, je lui ai répondu que j'avais eu tort de m'être fâché comme ça, si vite, parce qu'en réfléchissant un peu, c'était pas si grave que ça ce qu'elle m'avait dit cette journée-là. Des fois, on traite les autres de toutes sortes de noms, super vite, sans penser deux secondes, pis après on regrette. Là, je lui ai parlé des racistes qui pensaient pas, qui traitaient les autres de toutes sortes de noms pis qui allaient jusqu'à tuer. Ça fait que ce qu'on avait fait était pas si grave que ça.

J'ai conclu en disant qu'on était à égalité : elle avait pas pensé quand elle m'avait traité de débile pis j'avais pas pensé quand j'avais jeté mon assiette sur elle.

J'ai ben vu que mon raisonnement lui plaisait parce qu'elle avait un beau sourire accroché à ses lèvres.

Ce sourire-là, je voulais m'en souvenir toute ma vie.

Au bout d'un moment, sa mère est sortie. Elle devait nous surveiller de sa fenêtre. Elle m'a détaillé des pieds à la tête pis elle a dit :

– C'est très gentil d'avoir offert ce cadeau à Annie-Maude. Si tu venais à la maison samedi après-midi ? Annie-Maude a invité quelques amis pour faire une petite fête.

J'étais content, mais en même temps ça me dérangeait parce que, Annie-Maude, j'avais envie de la voir toute seule. J'ai dit oui quand même.

– Ta maman va te permettre de venir, n'est-ce pas ? a ajouté la mère d'Annie-Maude.

J'ai répondu oui, évidemment. Comme si ma mère savait ce que je faisais de mes journées pis de mes soirées !

Des fois, les gens disent n'importe quoi. Ils sont tellement sûrs que leur vie c'est la vie de tout le monde, qu'ils se posent même pas de questions.

Finalement, elles sont rentrées pis moé je suis retourné chez nous.

Pendant le chemin du retour, j'essayais de deviner ce qu'ils voulaient fêter. J'arrivais pas à savoir. Par contre, je savais que moé, j'allais être mal attifé comme d'habitude.

Ce qui me dérangeait le plus, c'était que les amis d'Annie-Maude, les élèves de l'École internationale, ils parlaient pas comme moé. Ça faisait la même chose avec notre maîtresse, des fois, je comprenais pas ce qu'elle voulait dire. C'était pas de sa faute, on avait pas appris pareil, même si elle faisait plein d'efforts méritoires — c'est elle qui le disait — pour nous expliquer.

J'allais pas refuser l'invitation, j'étais trop content. J'ai pensé que, d'ici demain, j'aurais pas le temps de vendre un tas de cassettes pour pouvoir m'acheter du linge correct. J'ai eu l'idée de demander à Toussaint un emprunt, une sorte d'avance sur l'argent qu'on allait faire. Comme ça, je pourrais offrir un nouveau cadeau à Annie-Maude ? C'était sûr que ça achalerait ses amis. Ils verraient que j'étais pas comme les autres débiles du « cheminement particulier », que je savais me comporter.

Ce soir-là, j'ai retrouvé Toussaint à l'endroit convenu. Il était avec Washington pis

Christophe. Ils avaient des sacs à vidange pour cacher le butin. On a pris une voiture, celle de Washington, pis on est monté dans le Mont-Bleu. On a stationné sur Jumonville. Là, on a piqué à travers les champs pour longer le Ravin bleu. Ça c'était pour arriver derrière les maisons. Toussaint avait décidé de voler la première maison où on voyait pas de lumières. Il m'a demandé de refaire le chemin inverse, pis d'aller jouer au ballon devant cette maison-là. Il attendrait mon signal, deux sifflements, avant de pénétrer dans la maison.

Ce que j'ai fait.

J'étais mal à l'aise en tabarouette quand je me suis aperçu que j'étais sur la rue de la maison d'Annie-Maude. Il fallait surtout pas qu'elle me voie. Mais je pouvais pas non plus me sauver en laissant tomber Toussaint. Ça fait que je jouais mollo au ballon en essayant de me faire voir le moins possible.

Au boutte d'un moment, j'ai entendu Toussaint siffler. Alors, j'ai arrêté de faire le guet et je suis revenu à la voiture.

L'opération avait même pas pris quinze minutes. Toussaint pis les autres étaient tout sourire. Ils avaient trouvé de l'argent, des bijoux, une caméra vidéo, un appareil photo Minolta, deux magnétoscopes Sony pis une stéréo de la même marque. Toussaint m'a refilé vingt piastres, comme ça, juste parce que j'avais joué au ballon. Quand je leur ai dit pour la maison d'Annie-Maude, ils m'ont répondu que c'était

pas grave parce que le lendemain soir, ils vole-
raient un magasin d'électronique à Gatineau.
Selon Christophe, qui connaissait comme il
faut la boutique, c'était du tout cuit.

Christophe était pas fou. Il voulait pas
voler le magasin, mais juste son entrepôt, qui
était derrière pis où les gens mettaient les
boîtes avant de les déballer. Il savait comment
y entrer parce qu'il connaissait une vendeuse
qui le lui avait dit. En fait, la vendeuse c'était
sa nouvelle blonde.

Il y avait une fenêtre à l'arrière de l'entrepôt, mais elle était toute petite. Alors, forcé-
ment, il fallait quelqu'un de pas trop gros
comme moé pour passer dedans une fois les
vitres brisées. Après, j'avais juste à débarrer la
porte pis à l'ouvrir aux autres.

Là, c'était pas mal plus risqué que de jouer
au ballon en faisant le guet. Mais j'allais quand
même pas laisser tomber les gars. Toussaint et
ses amis étaient super cools avec moé, ça fait
que je pouvais pas refuser de rendre ce service-
là. Et pis l'argent, ça se gagne.

La fête chez Annie-Maude, j'y ai été assez
ben habillé. Avec les vingt piastres du vol, pis
les autres vingt que m'avait donnés comme
avance Toussaint, je me suis payé des Levi's pis
des nouveaux *running shoes* noirs qui imitaient
pas mal les Nike. Je pouvais pas faire autrement

vu le prix des vrais Nike. Personne pouvait plus me prendre pour un raté.

C'était ben grâce à Toussaint tout ça, il fallait le reconnaître.

En y allant, j'ai rencontré Claude et Rémi en bas de l'escalier de notre immeuble. Ils m'ont reluqué, surpris de me voir sur mon trente-six comme ça. Je voyais ben qu'ils étaient jaloux de mon accoutrement. Mais eux autres, au lieu de travailler après l'école, ils niaisaient en faisant rien de rien. Alors, ils avaient pas à être jaloux, c'était de leur faute s'ils portaient du Tigre géant.

La fête chez Annie-Maude, ça a été ben platte.

Pourtant, Annie-Maude était belle comme tout. Elle avait mis une jupe courte en jean pis une blouse bleue qui allait avec. Quand je suis arrivé, elle m'a donné un bec sur la joue. Elle était super cool avec moé. Je l'aimais de plus en plus, cette fille-là.

Je lui avais amené un autre cadeau : la cassette de *Jurassic Park*. Je l'avais vue juste une fois, ça fait qu'elle était encore neuve. Je voulais qu'elle la visionne parce que comme ça, après, on pourrait en parler. Je l'avais enveloppée dans du beau papier que j'avais pris chez Sears aux Galeries de Hull.

Chez elle, c'était vraiment riche. J'avais jamais vu ça, sauf dans les films. Il y avait même un piano. Des peintures étaient accrochées aux murs un peu partout. C'était de vraies peintures de vrais peintres m'a dit la mère d'Annie-Maude. On voyait que les meubles avaient pas été achetés chez Wal-Mart ou une autre place du même genre qui vendent des choses pas chères pis pas belles, des choses que les gens de mon quartier achètent parce qu'ils ont pas les moyens de faire autrement.

Les amis d'Annie-Maude étaient pas nombreux, juste quatre. Ils étaient trois gars pis une fille. Ils avaient des instruments de musique. À vrai dire, la fête s'est résumée au fait qu'ensemble ils ont joué de la musique. Annie-Maude était au piano, Xavier avait une flûte, Michèle un violon, l'autre gars dont j'oublie le nom jouait du violoncelle, pis le dernier, qui s'appelait Laurent, avait, lui aussi, un violon. Tous les cinq, ils ont interprété un truc endormant, mais j'ai écouté sans rien dire, pis j'ai tout fait pour pas bâiller.

Après, on a mangé des pâtisseries qui venaient de Fidélice, le meilleur magasin de pâtisseries en ville, il paraît. Il y avait aussi des petits morceaux de chocolat belge. J'avais jamais goûté à du chocolat comme ça. On m'a dit qu'un seul morceau de ce chocolat-là coûtait plus cher qu'une barre complète de chocolat qu'on trouve partout. Il était bon le chocolat belge, mais quand t'as faim, vaut mieux te payer une Mars ou une Caramilk…

Le luxe, ça doit être ça, payer ben cher pour avoir peu, ça fait que quand tu manges des affaires comme ça, c'est pas pour assouvir ta faim, mais c'est tout simplement pour te sucrer le bec, pour déguster.

Les amis d'Annie-Maude me regardaient drôlement comme si je venais d'une autre planète. Ils avaient ben vu à l'école que j'étais du « cheminement particulier », mais, à part de me regarder drôlement, ils faisaient semblant de rien. Ils avaient de l'éducation. Ça fait que la politesse, ils connaissaient ça. Annie-Maude m'a montré son piano. Elle me l'a même fait essayer. Ça a pas l'air facile de jouer des notes pour que ça fasse de la musique. En tout cas, moé, j'ai pas réussi. C'était cacophonique qu'elle a dit en riant. Les autres aussi riaient, mais ça avait pas l'air méchant. C'était juste comme une bonne joke. Ça fait que moé aussi j'ai ri.

Après la fête, la mère d'Annie-Maude a proposé de me ramener chez nous. Les autres, ils habitaient pas loin, ça fait que c'était pas nécessaire de les reconduire. Je préférais pas. Mais, elle avait pas l'air de vouloir m'écouter. Ça fait que j'ai pas eu le choix. Annie-Maude m'a encore embrassé la joue avec un sourire qui m'a fait tout drôle. J'ai eu plein de frissons.

En me reconduisant, la mère d'Annie-Maude m'a posé plein de questions. Elle a essayé de savoir comment ça se passait chez nous, qu'est-ce que faisait ma mère pis comment ça allait à l'école. Moé, j'ai essayé d'en dire le moins possible, vu que si elle savait la vérité, j'étais certain qu'elle interdirait à

Annie-Maude de me revoir. Par exemple, j'ai pas dit où travaillait ma mère. J'ai juste raconté qu'elle travaillait dans le public, ce qui est pas tout à fait une menterie. J'ai juste pas parlé de quel public, c'est tout. Pis je lui ai dit qu'à l'école ça allait super ben, ce qui était vrai.

Je pensais tout le temps à Annie-Maude. Elle, elle était pas comme la Brûlotte. Ça fait que pas question de la tripoter derrière une maison. Je voulais juste qu'on se promène pis qu'on parle. Je voulais lui prendre la main, peut-être l'embrasser, mais ça, ça pouvait attendre, j'étais pas pressé. Annie-Maude, je la respectais. Peut-être que c'est avec elle que je pourrais me marier un jour ?

Quand on rêve, on fait toujours des plans pas possibles.

Je me voyais, par exemple, assis avec elle dans le parc Fontaine. Les gars de mon ancienne « gagne » passaient devant nous, pis nous deux, on discutait, sérieux, de sa carrière de pianiste. Ou ben, je me voyais dans la cour d'école. Il y avait un gars plus vieux que moé qui achalait Annie-Maude, ça fait que je lui cassais la gueule. Du coup, Annie-Maude me sautait dessus pis m'embrassait devant tout le monde. C'était super.

J'avais même pas fini de rêver qu'on était déjà arrivé chez nous. Ma mère travaillait le samedi, de sept heures le soir à trois heures le matin, ça fait qu'elle était encore à la maison. Elle était pas mal débraillée vu qu'il lui restait quelque chose comme deux heures avant de partir à l'ouvrage.

Alors quand elle a ouvert la porte, pis la mère d'Annie-Maude a vu comment c'était chez nous pis comment était attriquée ma mère, moé j'ai eu honte. Comme d'habitude, ma mère était encore en robe de chambre. Elle avait l'air pas mal fatigué parce qu'elle arrivait pas à dormir comme il faut dans la journée avec tout le bruit autour. Ses cheveux étaient pas peignés, pis ils avaient besoin d'une bonne teinture, parce que le fond était brun pis le reste blond.

La mère d'Annie-Maude s'est assise dans la cuisine. Elle voyait du linge qui séchait dans la salle de bains. Elle avait quand même le sourire aux lèvres. J'aimais pas ça. Je suis parti dans ma chambre, ça fait qu'elles ont pu parler ensemble. J'ai quand même écouté ce qu'elles disaient.

Entre-temps, j'en ai profité pour me changer pour pas que ma mère s'aperçoive que j'avais des jeans pis des *running shoes* neufs.

La mère d'Annie-Maude disait à ma mère que ça l'inquiétait les cadeaux que j'avais donnés à sa fille. Elle se demandait si c'était pas un « peu trop lourd pour nos moyens ». Ma mère, elle a été cool à mort. Elle a répondu que si je faisais des cadeaux c'était que je le voulais, que j'étais un bon petit, responsable pis tout, qu'elle ne devait pas s'inquiéter pour nos moyens, parce qu'elle gagnait suffisamment ben sa vie pis qu'on manquait de rien, même si on était pas riche comme Crésus.

La mère d'Annie-Maude a répliqué :

– Michel peut continuer à venir voir Annie-Maude, mais je ne veux plus qu'il lui fasse des cadeaux. Comment vous dire ? C'est embarrassant pour nous que Michel, à chacune de ses visites, apporte un présent à ma fille. Vos moyens sont quand même limités et si Michel dépense tous ses sous pour Annie-Maude, eh bien ! je crains...

Après un moment de silence, la mère d'Annie-Maude a ajouté :

– Voilà, j'estime qu'il serait plus approprié de demander à votre fils de ne plus faire de cadeaux à ma fille.

Après, elles ont continué à parler. La mère d'Annie-Maude a expliqué à ma mère que c'était correct que je fréquente sa fille, mais juste un peu, pas plus d'une fois par semaine. Je pouvais même cette journée-là venir faire mes devoirs chez Annie-Maude, comme ça, elle pourrait m'aider à progresser, vu qu'elle-même avait enseigné.

Toute cette conversation a duré un bon moment. Moé, j'étais fatigué d'être accroupi, l'oreille contre la porte à écouter. La mère d'Annie-Maude a fini par partir. Il était temps.

Après son départ, ma mère m'a pas lâché d'une semelle. C'était quoi ça, le livre sur les dinosaures pis la cassette de *Jurassic Park* ? Où j'avais pris l'argent pour payer ça ? Ça fait que moé, j'ai été obligé de mentir. J'ai dit que c'était M'sieur Poirson qui m'avait donné l'argent vu que je réussissais mieux à l'école, pis qu'il voulait m'encourager à continuer à lire pis à étudier.

Quand je m'y mets, je suis un tabarouette de bon menteur.

Chapitre VI

Le vol de l'entrepôt

MA mère a eu ben du fun après la visite de la mère d'Annie-Maude. Elle a pas arrêté de me taquiner. Elle m'a dit et répété que j'étais tombé en amour, tralala, pis pas avec n'importe qui, avec une fille de la haute, tralala, que rien était trop bon pour la classe ouvrière, tralala, pis que ça me mettrait peut-être du plomb dans la cervelle.

Quand même, elle trouvait que j'étais un peu jeune pour déjà vivre ça, mais bon, après tout, c'était de mon âge, parce que, aujourd'hui, les jeunes étaient plus débrouillards qu'avant, pis que tout allait tellement vite, que plus rien la surprenait. Pis avant qu'elle s'en aperçoive, son petit gars devenait un homme. Ça lui faisait tout drôle de penser que je volerais un jour de mes propres ailes, et patati et patata.

Dans la salle de bains, elle chantonnait des chansons d'amour en se préparant pour aller à son ouvrage. On aurait pu penser que c'était elle qui était tombée en amour.

Vers six heures et quart, M'sieur Poirson est arrivé chez nous. Il apportait une tarte aux pommes pis à la cannelle. Cette tarte-là, il l'avait faite lui-même. Depuis qu'on habitait l'immeuble — ça faisait déjà cinq ans — M'sieur Poirson, le samedi, nous donnait toujours un dessert.

Ma mère lui a tout raconté. Elle lui a dit que j'étais en amour avec une fille qui s'appelait Annie-Maude, excusez-la ! Pis que la mère de ma dulcinée était venue icitte... Et blablabla.

En tout cas, tous les deux se sont bien amusés à mes dépens.

Après le départ de ma mère, M'sieur Poirson est redevenu sérieux. Il m'a dit de venir chez lui parce qu'il voulait me montrer un livre pis me parler d'homme à homme.

On le dirait pas comme ça, mais malgré son âge, M'sieur Poirson est super cool. Il connaît tout pis il me parle comme à un adulte, pas comme à un enfant. Il en a fait des choses dans la vie ! Il a presque tout vu !

Arrivé chez lui, M'sieur Poirson s'est assis dans son vieux fauteuil, pis il m'a parlé d'amour, des filles avec les gars, comme Annie-

Maude pis moé. Il m'a parlé de l'amour en vrai. Des sentiments, pis tout. Des mots qu'il faut pour exprimer à la fille comment on a envie d'être avec elle, comment on la trouve de son goût, comment on la respecte, bon, tout quoi ! Il m'a aussi parlé de sexe, comme quoi c'est quelque chose de bien à la condition que l'on fasse l'amour quand les deux sont vraiment consentants — ça veut dire qu'ils veulent, quoi ! — pis quand on prend ses précautions, parce qu'un enfant, c'est vite fait pis ça chamboule en tabarouette une vie. À notre âge, il faut attendre avant d'en faire, parce que sinon, notre vie pourra pas se développer normalement pis notre amour en souffrira. Il m'a aussi dit qu'on joue pas avec des sentiments de même, que l'amour c'est tellement beau, qu'il faut faire attention à ne pas le dénaturer.

J'ai pas tout compris, mais une chose était sûre, je savais maintenant que tomber en amour, c'était quelque chose d'important, que c'était pas une affaire à prendre à la légère.

Après ça, M'sieur Poirson m'a donné un livre de Jacques Brel.

Il m'a dit de lire ses chansons d'amour, parce que ce poète-là, il en connaissait un boutte sur le sujet.

Au début, j'ai trouvé ça difficile de lire des chansons, parce qu'il se passait rien vu que c'était pas des histoires qui étaient racontées. Mais petit à petit, j'ai compris ce que voulait dire M'sieur Poirson. Là, j'ai pas le livre avec moé, mais je me souviens du début d'une chanson :

Ils s'aiment s'aiment en riant
Ils s'aiment s'aiment pour toujours
Ils s'aiment tout au long du jour
Ils s'aiment s'aiment s'aiment tant
Qu'on dirait des anges d'amour
Des anges fous se protégeant
Quand se retrouvent en courant
Les amants
Les amants de cœur

C'était beau comme pas possible.

Je me souviens de la chanson parce que je l'ai recopiée.

Depuis que je trouvais de mon goût Annie-Maude, j'avais l'impression d'avoir les ailes d'un ange, j'avais tout le temps envie d'être avec elle pis j'avais aussi envie de la protéger. J'étais sûr de l'aimer toute ma vie, parce que la vie, sans amour, c'était ben platte. Si j'avais été poète, j'aurais trouvé des ben plus beaux mots pour dire ça, mais, dans mes mots à moé, ça voulait ben dire ce que ça voulait dire ! Et pis, des poètes comme Jacques Brel avaient déjà choisi les bons mots pour écrire sur l'amour, ça fait que je voyais pas pourquoi j'aurais dû trouver des mots à leur place.

À huit heures, j'ai quitté M'sieur Poirson. J'ai prétexté que je voulais lire son livre, mais la vérité c'était que je voulais pas rater mon rendez-vous avec Toussaint pour voler le magasin d'électronique.

De toute façon, je serais pas resté ben longtemps encore, parce que M'sieur Poirson, en me parlant d'amour, il m'avait montré la photo de sa femme. Depuis, il était tout triste. Ça fait que l'atmosphère était lourde. Cet homme-là avait ben souffert dans sa vie pis sa femme lui manquait beaucoup, même si ça faisait ben des années qu'elle était morte.

Le magasin, on l'a fait ce soir-là, comme prévu.

À neuf heures précises, j'étais dans le stationnement des Galeries de Hull où m'attendaient Toussaint, Washington pis Christophe. On est partis pour Gatineau dans une petite camionnette qu'avait empruntée Toussaint. Moé, j'étais ben plus énervé qu'eux autres, vu que c'était la première fois de ma vie que j'allais faire un vrai vol.

Quand ils ont pété la vitre, j'ai eu peur de me faire mal avec les bouttes de verre qui restaient accrochés, mais Toussaint avait pensé à apporter des gants pis des guenilles, alors ça a ben été. J'ai sauté dans l'entrepôt sans rien voir vu qu'il faisait sombre, sauf que Christophe m'avait donné une *flashlight* que j'avais glissée dans ma ceinture. Après l'avoir allumée, j'ai vite trouvé le verrou pis je leur ai ouvert la porte.

Toussaint pis les deux autres ont pas traîné longtemps. Ils faisaient la chaîne, ça fait que les boîtes ont vite été embarquées dans la camionnette. En moins de deux, ils l'avaient remplie. Il restait encore des boîtes dans l'entrepôt, mais pour ben faire, il aurait fallu un camion de déménagement. On peut pas toujours tout prévoir, quand même !

Toussaint pis les gars de sa « gagne » m'ont fait vraiment confiance vu qu'ils m'ont emmené dans leur local, un garage dans Wrightville. J'en dis pas plus, parce que je suis pas un *stool*, pis parce que je veux pas que la protection de la jeunesse leur tombe dessus.

J'étais ben content, ils me mettaient dans la confidence.

Leur local était super cool. Ils avaient mis de vieux matelas par terre, avec des couvertures colorées dessus, pis ils avaient même l'électricité. Sur les murs, ils avaient collé des tas de photos de femmes toutes nues. Il y avait aussi un grand poster de Malcolm X. Quand Toussaint a vu que je regardais le poster, il s'est approché de moé, a mis sa main sur mon épaule, pis il m'a expliqué que ce gars-là avait lutté pour les droits des Noirs aux États-Unis, pis à cause de ça, il s'était fait lâchement assassiner. C'était son idole à lui. On avait fait un film sur sa vie, il me conseillait de le voir, parce que, après, je comprendrais toute l'importance de cet homme-là pour les gens de couleur comme lui.

Je pensais pas que Toussaint faisait, lui aussi, comme M'sieur Poirson, de la politique, mais j'étais ben content que lui aussi réfléchisse aux choses qui faisaient que notre monde allait mal. J'arrivais pas encore à comprendre pourquoi les gens s'aimaient pas les uns les autres comme les Juifs pis les Arabes, les Noirs pis les Blancs, pis tous les autres.

Dans le local, il y avait plein de matériel volé qu'ils avaient pas encore eu le temps de vendre. Des radios d'auto, des télévisions, des appareils photo, des montres, des stéréos, tout quoi ! Ça s'empilait dans tous les coins, des fois, jusqu'au plafond. Une vraie caverne d'Ali-Baba.

Ils étaient heureux de leur soirée, ça paraissait. Ils ont déballé tout ce qu'on avait piqué à l'entrepôt. C'était rien que des systèmes de son, il y en avait pour les fins pis les fous.

Toussaint m'a filé encore vingt piastres, pis il m'a dit d'oublier les autres vingt piastres qu'il m'avait déjà donnés comme avance. Ça fait que ma paye, pour ce soir, était de quarante piastres. Ouf ! ça faisait beaucoup d'argent depuis deux jours ! Là, ils ont sorti des bouteilles de rhum d'Haïti, du Barbancourt, pis ils ont bu en rigolant pis en se tapant dans le dos. Ils m'en ont offert une rasade, j'ai accepté. Quand j'ai bu à même le goulot de la bouteille, je me suis étouffé ben raide. Ça me brûlait le gosier, j'avais les yeux pleins d'eau. Eux autres, ils riaient comme des caves.

Après, quand j'ai pu reprendre ma respiration pis quand eux autres ont arrêté de rire de moé, Toussaint m'a dit que désormais c'était à la vie à la mort pis que si j'avais besoin de leur aide, ils seraient toujours là, parce que j'étais un sacré bon gars, courageux, pis tout pis tout.

J'étais tellement content que j'arrivais pas à dire quoi que ce soit.

Toussaint pis les autres, il y a pas à dire, c'était des gars super corrects.

Chapitre VII

Une mèche de cheveux

J'AI été régulièrement, toutes les semaines, chez Annie-Maude, faire mes
devoirs.

Annie-Maude, ses devoirs, elle les faisait sur
un ordinateur. Comme pour son piano, elle
était bonne en s'il vous plaît sur le clavier. Ses
doigts voltigeaient. Pis quand elle faisait son
anglais, l'ordinateur lui disait toutes ses fautes.
Ça fait qu'elle progressait vite en tabarouette.
C'était un vrai ordinateur, pas un Nintendo. Il
avait une souris pis son écran était tout en cou-
leurs. Des fois, pour me montrer, elle surfait
sur Internet. D'autres fois, elle me laissait regarder le courrier électronique qu'elle avait
reçu ou qu'elle envoyait à ses correspondants
étrangers. Il y en avait un peu partout à travers

le monde : en France, en Suisse, même en Australie. C'était pas croyable.

Elle avait son propre bureau dans le sous-sol de la maison. À part quelques nounours, il y avait plein de livres. Elle acceptait de m'en prêter. Elle, elle avait tout pour elle, parce qu'en plus, sa chambre à coucher était décorée comme dans les films. On voyait que ses parents l'aimaient pis qu'ils faisaient tout pour la rendre heureuse.

Annie-Maude était ben intelligente, ça, c'était sûr. Elle réussissait comme il faut à l'école. Mais, moé, qui était au « cheminement particulier », je me trouvais pas si bête que ça. J'ai pensé que si le milieu de ma mère avait été différent, peut-être, que, moé aussi, j'aurais pu étudier à l'École internationale. L'intelligence, ça se cultive. Si t'as pas d'engrais, tes légumes poussent moins ben. Dans le milieu de ma mère, c'est surtout la mauvaise herbe qui pousse. J'étais pas mal jaloux du milieu d'Annie-Maude, mais il y avait rien à faire. J'étais né ailleurs, c'est tout. Pis ma mère, je la trouvais ben *blood* quand même parce qu'elle m'avait expliqué, souvent à coup de claques, que je devais m'éduquer pour sortir de son milieu à elle. Pis ça, je voulais le faire.

Pendant qu'Annie-Maude pianotait sur son ordinateur, sa mère me faisait travailler mon français pis mes mathématiques. C'était super efficace, parce que je voulais pas passer pour un débile devant elle, ça fait que j'étais ben motivé. Ça a pas pris beaucoup de temps que je pouvais décliner les verbes sans problème. Je connaissais même mes tables de multiplication.

La mère d'Annie-Maude arrêtait pas de corriger mon français parlé. Elle répétait qu'avec un « si », il y avait pas de « r », pis que quand je faisais une négation, je devais toujours mettre les deux éléments de la négation. Au lieu de dire quelque chose comme : « Je sais pas », il fallait que j'apprenne à dire : « Je ne sais pas. »

C'était plus facile à dire qu'à faire. Pis, à part ça, quand je lui parlais, à la mère d'Annie-Maude, elle comprenait ce que je disais, ça fait que la négation à un ou deux éléments, moé, ça me dérangeait pas vraiment. Elle disait aussi que c'était vulgaire — oui, oui, vulgaire ! — de dire « moé » au lieu de « moi ». C'est vrai que si je voulais un meilleur avenir, il faudrait que j'apprenne à parler comme la mère d'Annie-Maude, mais pour le moment, si je commençais à parler comme ça, je ferais rire de moé dans mon quartier pis on me traiterait de tapette, ça fait que je me suis dit que ça pouvait attendre.

Moé, je comprenais pas pourquoi on parlait pas la même langue française. C'est comme quand je regardais les nouvelles, le soir, à Radio-Canada. Bernard Derome parlait pas comme nous autres dans mon quartier. Peut-être parce qu'on apprenait pas la même langue à l'école. En tout cas, à l'École internationale, je suis sûr que les élèves apprenaient pas la même chose que moé. Ça fait que je pense que Bernard Derome, il a été élève à l'École internationale. Quand je lui ai parlé de ça, M'sieur Poirson m'a dit que c'était à cause des classes sociales. J'ai rien compris. Il a dit aussi que l'école reproduisait les différences sociales entre les riches pis les pauvres, pis que ces différences-là étaient partout, pas juste à l'école, mais aussi dans sa façon de vivre, de choisir ce qu'on allait manger — là, j'ai pensé au chocolat belge, moé j'aurais jamais choisi ça! — mais aussi dans sa façon de penser pis de s'exprimer, c'est-à-dire de parler. C'était profond en s'il vous plaît. J'avais jamais pensé à des affaires de même. Moé, je trouvais ça naturel comment je parlais, pis M'sieur Poirson racontait que c'était pas naturel, mais social. Il voulait juste dire que c'était à cause de la société, parce que si j'étais né dans une autre classe sociale, je parlerais pas de même, parce que j'aurais appris à parler autrement.

Ouf! ça faisait réfléchir!

Ça fait que je lui ai demandé si les différences sociales c'était pareil au racisme.

Il m'a regardé direct dans les yeux, il m'a fait un grand sourire, pis il a fini son explication en disant que oui il existait une sorte de racisme social, que les différentes classes sociales se mêlaient rarement. Il paraît même que, quand les gens tombent en amour, ils se marient seulement quand ils sont de la même classe sociale.

Ça, j'ai pas voulu le croire, parce que, entre Annie-Maude pis moé, j'étais sûr qu'on pouvait vivre notre vie ensemble, même si notre social était différent.

Mad'moiselle Gauthier en revenait pas de mes progrès. Pour une maîtresse qui s'occupe des échecs scolaires, elle était toute contente de s'occuper d'une future réussite scolaire. Ça la changeait.

À l'école, vu que je me considérais plus comme un échec scolaire, je me tenais beaucoup moins avec les gars de ma « gagne » — il faut dire mon groupe, il paraît. On avait plus les mêmes préoccupations. Pis le soir, au lieu de niaiser dehors, je lisais les livres que me prêtait Annie-Maude. Sauf quand j'avais à vendre des cassettes. À l'école, au lieu de me tirailler avec les autres, je regardais Annie-Maude discuter avec ses amis. J'allais pas la retrouver parce que je savais que ça se faisait pas devant tout le monde.

J'avais acheté les deux cassettes sur Malcolm X. Ça a été toute une découverte. Ce gars-là, quand il était jeune, avait fait de la prison pour une niaiserie due au milieu pauvre de sa mère. En prison, il a commencé à réfléchir sur sa vie, pis il a décidé de se battre pour améliorer le sort de ses frères et de ses sœurs comme il appelait les autres Noirs de son quartier. C'était là qu'il avait commencé à faire de la politique, au début avec des musulmans noirs, après sans eux. Pis là, on l'avait assassiné. J'ai pas très ben compris c'était quoi des musulmans, ça fait que je me suis promis de poser la question à M'sieur Poirson.

Ce film-là était bien mieux que mes Rambo. La première fois que je l'ai regardé, j'ai même pleuré. J'ai trouvé que le milieu de la mère à Malcolm X, aux États-Unis, pis le milieu de ma mère étaient pas si différents que ça, même si ça se passait il y avait longtemps ; j'étais même pas né.

Je sais maintenant qu'il y a des bons films, pis des films idiots. Moé, avant, quand j'avais pas de perspectives d'avenir, j'aimais que les films idiots. Aujourd'hui, ça, c'est fini !

Je trouvais que Toussaint était un gars super correct. Pis je pensais que ça serait une bonne idée de le présenter à M'sieur Poirson, parce que, ensemble, ils pourraient peut-être changer ben des choses.

J'ai fait un autre cadeau à Annie-Maude, mais, lui, il coûtait rien, ça fait que sa mère pouvait rien dire. J'ai copié la chanson de Brel que j'aimais tant et qui me faisait penser à notre histoire à Annie-Maude et à moé. La chanson s'appelle *Les Amants de cœur*. Je l'ai copiée sur une feuille blanche. Après, j'ai pris des allumettes, pis j'ai brûlé les bords de la feuille. Là, une fois les bords noircis, je me suis piqué un doigt avec une aiguille à coudre, pis j'ai mis une goutte de mon sang sur le bas de la feuille. J'ai roulé la feuille, pis je l'ai attachée avec un ruban rouge qui traînait sur la machine à coudre.

Comme ça, la feuille avait l'air d'un super vieux papier, antique pis tout.

Ça, c'était un cadeau spécial. Maintenant, je savais que pour une fille comme Annie-Maude, il fallait faire des cadeaux qui sortent de l'ordinaire, qui touchent les sentiments. Ça a marché, parce que quand je lui ai donné son cadeau, Annie-Maude était tout émue. Pis, pour la première fois, elle m'a donné un cadeau : avec des ciseaux, elle a coupé une petite mèche de ses cheveux.

J'avais jamais pensé qu'on pouvait faire un cadeau comme ça.

Elle a mis sa mèche de cheveux dans une enveloppe, pis avant de me la donner, elle a aspergé l'intérieur de l'enveloppe de parfum, son parfum à elle. Elle s'est approchée de moé, pis elle m'a embrassé sur les deux joues.

Les cheveux, je les ai gardés précieusement même si je savais pas vraiment quoi faire avec. Parce que des cadeaux comme ça, j'en ai pas reçu des tonnes. Je les ai laissés dans l'enveloppe pis j'ai mis l'enveloppe sous mon oreiller. Ça fait que comme ça, tous les soirs, je dormais avec un boutte d'Annie-Maude dans mon lit. Ça me faisait tout drôle, parce que j'arrêtais pas de sentir son odeur. C'était comme si elle était là.

Pendant tout ce temps-là, à l'époque où je faisais une fois par semaine mes devoirs chez Annie-Maude, des fois, quand j'avais le temps, j'allais faire un tour au garage de Toussaint. Le garage était barré par deux gros cadenas pis des chaînes. Ça fait que c'était pas facile de le voler.

Avec tout ce qu'il y avait dans le garage pis que Toussaint et les autres revendaient, c'était pas l'argent qui manquait. Puisque j'étais maintenant un membre de la « gagne », des fois, ils me payaient le MacDo. C'était génial. Ils m'appelaient « frère » comme dans le film de Malcolm X. Comme ça, ils me faisaient comprendre que j'étais l'un des leurs même si j'étais pas d'Haïti. Ils parlaient toujours des nouveaux coups qu'ils voulaient faire, mais leur priorité, ils disaient, c'était de vendre la camelote, parce qu'il y avait plus assez de place dans le garage.

C'était pendant une de ces soirées-là où j'étais avec Toussaint pis les autres, que les skins de la rue Eddy ont attaqué un Noir pis l'ont blessé à mort. Le Noir, il s'était fait pogner parce qu'il connaissait pas les règles des skins. Il marchait sur la promenade du Portage avec sa blonde, qui était pas noire, ça fait que les skins, ils ont voulu faire un exemple. En tout cas, c'est ça qu'ils ont prétendu. C'est Washington qui m'a raconté l'histoire. Il l'avait entendue à la radio. Le Noir était pas d'Haïti, même pas de Hull. Il venait d'Ottawa, au Canada, pis il était Sénégalais ; un Sénégalais, ça vient du Sénégal en Afrique. Là, j'étais pas mal mêlé. Il venait d'où au juste, ce gars-là ? L'histoire des Noirs que je connais est ben compliquée. Ils viennent d'Afrique, mais ils sont nés à Haïti, pis ils vivent chez nous. Tout ça à cause de l'esclavage qu'ils disent.

Quand même, le gars avait été battu en sortant d'une discothèque. On sait icitte que c'est dangereux de sortir des discothèques de Hull. Il y a souvent des batailles pis la police arrête tout le monde. Ça fait que Toussaint pis les autres évitaient d'habitude d'aller sur cette rue-là le soir.

Mais là, ils étaient tout excités. Ils disaient qu'il fallait pas laisser passer une affaire de même, question respect de soi et de sa race. Ça fait qu'ils ont appelé tous ceux qu'ils connaissaient dans leur communauté, pis ils ont organisé une descente sur Eddy pour trouver des skins. Il y avait trois voitures avec plein de monde dedans, des chaînes pis des bâtons de base-ball.

On s'est promenés pendant deux ou trois heures dans le quartier, mais on a vu personne. Tous les skins avaient disparu. Peut-être qu'ils étaient tous en prison ?

On est revenus au garage. Toute la « gagne » s'est entassée dans l'espace qui restait. Pis on a discuté comment s'organiser pour pogner des skins pis leur faire perdre le goût d'attaquer les Noirs. Ils avaient ouvert une bouteille de rhum, alors, après un moment, il y en a qui étaient pas mal soûls. Un des gars que je connaissais pas était de plus en plus en colère vu qu'ils avaient fait chou blanc, c'est Toussaint qui avait dit ça. Ça fait qu'il gueulait fort en sapristi. Il était près de onze heures du soir. À cause des voisins, Toussaint s'est levé pis il lui a dit de se tranquilliser, sinon, il aurait ben des problèmes. L'autre gars a compris vite fait, pis il a arrêté de faire du bruit.

J'ai ben vu que Toussaint était un vrai chef, responsable, respecté pis tout.

Chapitre VIII

Des cassettes pour les amis d'Annie-Maude

L E samedi après-midi, j'ai été invité, pour la deuxième fois, à une fête chez Annie-Maude. Mais maintenant, je savais ce que ça voulait dire. Ça fait que j'ai pas eu à apporter un cadeau, vu que j'allais là-bas pour écouter de la musique platte interprétée par sa « gagne » à elle.

J'avais super hâte de voir Annie-Maude parce que je voulais lui dire que son cadeau était super cool vu qu'à tous les soirs, je sentais son odeur, pis ça, ça remuait quelque chose de pas croyable en dedans de moé.

Ça a été encore la même histoire avec les pâtisseries pis les chocolats. La « gagne » a joué sa musique platte, pis après je me suis fait une petite assiette de rien du tout, vu qu'il fallait pas avoir l'air cochon devant tout le monde, je me suis assis sur le divan pis j'ai fait attention pour pas échapper des miettes sur le tapis du salon.

Même si j'avais faim, j'avais décidé de faire pareil aux autres, comme ça, ils verraient ben que je savais me tenir en public.

À un moment donné, la mère d'Annie-Maude a dit qu'elle devait aller faire des courses, mais qu'on pouvait rester, pourvu qu'on fasse pas de bêtises, qu'elle serait de retour dans une heure ou deux pis qu'elle nous faisait confiance. On a tous dit d'accord.

Une fois la mère partie, les amis d'Annie-Maude se sont transformés du tout au tout pis elle aussi. J'aurais pas cru ça si je l'avais pas vu.

Annie-Maude est allée chercher un paquet de cigarettes. Ils ont tous allumé une cigarette. Je savais pas qu'ils fumaient. Annie-Maude m'en a offert une. J'ai accepté, mais j'avais peur que sa mère sente la boucane en revenant de ses courses. Ils m'ont dit que c'était pas grave, qu'ils ouvriraient les fenêtres, pis que, de toute façon, le père d'Annie-Maude, il fumait lui aussi, ça fait que notre boucane se mélangerait à sa boucane dans la maison. En plus, Annie-Maude m'a dit qu'ils avaient déjà fumé icitte sans problème.

Laurent a mis un CD pour danser. Ils étaient trois gars pour deux filles, ça fait que les deux filles, elles dansaient tout le temps, pis le gars qui dansait pas choisissait la musique.

Ce qu'ils faisaient jouer ressemblait pas à la musique platte qu'ils interprétaient ensemble, du classique qu'ils m'avaient expliqué. Non, ils mettaient du Backstreet Boys ou les Spice Girls. Moé, j'avais jamais dansé, ça fait que je restais assis à regarder vu que je savais pas comment me déhancher comme il faut. Quand Xavier a mis un slow, là je me suis senti tout croche. Les gars qui dansaient serraient fort les filles, leurs mains se promenaient dans leur dos pis sur leurs hanches, des fois même plus bas. Les gars se frottaient sur les filles, pis elles, elles se laissaient faire. Pour Michèle, ça me dérangeait pas, mais pour Annie-Maude, c'était une autre histoire. Annie-Maude s'est aperçue que j'étais pas content, ça fait qu'elle a proposé de danser avec moé.

Elle est ben correct, Annie-Maude.

Je l'ai prise par les épaules pis j'ai commencé à danser. J'avais juste à imiter ce comment dansaient les autres. Pour le slow, c'était plus facile. Là, mes mains ont descendu sur ses hanches pis j'ai commencé à me frotter sur elle, mais pas trop, parce que je voulais pas qu'elle pense que je pouvais profiter d'elle ou que j'étais un pervers comme M'sieur Legault. Il fallait ben qu'elle sente que je la respecte.

Les autres, ils s'amusaient de nous voir danser. Xavier a même dit qu'on était charmants comme tout. Moé, j'ai pas trouvé ça drôle pantoute, ça fait que je me suis tanné pis j'ai dit à Annie-Maude que je partais. Annie-Maude, elle s'est fâchée noir. Elle a dit aux autres d'arrêter, qu'ils étaient pas comiques du tout et que la danse était finie. Pis elle a fermé la stéréo. Laurent, Xavier, Michèle pis Alexandre — celui dont je me rappelais plus le nom —, ils se sont regardés super surpris. Il y en a pas un qui a osé dire quoi que ce soit. Pis Annie-Maude a informé le monde que la fête était finie, ça fait que les quatre ont été chercher leur manteau pis ils sont partis.

Moé, je serais ben resté tout seul avec Annie-Maude, mais j'ai pas osé. Par contre, si elle m'avait demandé de rester, ça aurait pas été pareil. Je voyais ben qu'elle était fâchée contre tout le monde, y compris moé. C'est comme à l'école, quand quelqu'un fait un coup, c'est tout le monde qui en subit les conséquences. En tout cas, c'est ça qui arrive avec Mad'moiselle Gauthier. Elle s'en fiche pas mal maintenant de savoir qui a fait le fou, elle réprimande la classe au complet. Elle a pris de l'expérience, faut croire !

Quand même, j'étais ben content que, pour me défendre, Annie-Maude mette dehors ses amis à elle.

Avant de partir, je lui ai demandé si je pouvais lui donner un bec sur la joue. Elle a répondu oui, ça fait que je lui en ai donné un. En retour, elle m'en a donné un, elle aussi.

Après, juste avant qu'elle ferme la porte, je lui ai demandé si elle avait encore la feuille avec la chanson de Brel que je lui avais donnée. Comme ça, j'aurais pu lui parler de son cadeau à elle. Elle a dit oui, mais qu'elle l'avait serrée quelque part, elle savait plus où. Ça, ça m'a pas mal dérangé vu que, moé, je dormais avec ses cheveux. Au moins, elle l'avait pas jetée dans les poubelles. C'était toujours ça de pris. Mais, là, j'ai plus eu envie de lui parler de ce que je ressentais quand je me couchais et que je sentais son odeur.

Quand je suis sorti, il y avait Xavier, Fabien pis Alexandre qui m'attendaient. Michèle, elle, était partie.

Si c'était la bataille qu'ils voulaient, eh ben ! il y avait pas de problème, parce que j'étais prêt à affronter n'importe qui ! J'étais encore tout retourné, ça fait que la colère elle pouvait monter en moé, ça me faisait pas un pli sur la différence.

En plus, eux autres, ils étaient pas habitués à se battre, ça paraissait. Même s'ils étaient trois, ils me faisaient pas peur, vu que j'avais mon exacto dans la poche pis que je savais m'en servir.

Chez Annie-Maude, j'avais rien dit devant leurs singeries, mais maintenant, je pouvais répliquer. S'ils me niaisaient encore, ils verraient à qui ils avaient affaire.

Mais je m'étais trompé. Ils voulaient pas se battre avec moé. Ils m'ont même dit qu'ils s'excusaient d'avoir ri de moé. Ils ont dit aussi que c'était pas par méchanceté qu'ils avaient fait ça, vu qu'ils avaient rien contre moé. C'est juste qu'ils trouvaient que ça paraissait que j'avais des sentiments pour Annie-Maude.

J'ai dit que c'était correct, que je leur en voulais pas, mais, eux autres, ils me lâchaient pas. Ils marchaient à mes côtés comme s'ils voulaient venir finir la soirée dans l'appartement de ma mère. Je comprenais pas ce qui se passait.

C'est à ce moment-là que Fabien m'a dit qu'ils avaient un service à me demander. Fabien, c'était le plus petit de la « gagne ». Il portait des lunettes ben épaisses, comme si ses barniques étaient faites avec des fonds de bouteille de coke. Je voyais pas vraiment quel service je pouvais leur rendre. Mais, eux autres, ils osaient pas me le demander direct, ça fait qu'on marchait sans rien dire.

Ils se sont mis à discuter entre eux. Ils disaient que pour un gars comme moé, ça devait pas poser de problèmes de rendre ce service-là, parce que moé j'étais quelqu'un qui savait y faire, et tout et tout. Je commençais à trouver ça bizarre, leur comportement, ça fait que je leur ai demandé de vider leur sac avant que je me fâche. Alors, Xavier a parlé :

– On aimerait cela regarder une cassette pornographique. On a su à l'école que tu savais comment t'en procurer. Tu peux nous en trouver une ? qu'il a demandé.

Xavier, plus il parlait, plus il rougissait. C'était drôle à voir.

J'ai pensé que, malgré leur éducation pis tout, ces gars-là étaient pas mieux que nous autres. Malgré leur air d'être au-dessus de leurs affaires, ils voulaient une cassette de sexe.

Au début, quand j'ai vu Xavier rougir comme une tomate ben mûre, j'ai juste pas arrêté de rire. Ils m'avaient tellement surpris que j'avais pas pu faire autrement. Eux autres, ils me regardaient comme si j'étais complètement parti sur un trip pas possible. Ils pensaient peut-être que je riais d'eux autres, mais ils osaient pas rien faire.

Xavier a recommencé à parler :

– C'est sérieux ce que l'on te demande. Mais si tu ne veux pas ou ne peux pas nous rendre ce petit service, alors tant pis. Promets-nous seulement de ne pas rapporter cette conversation à personne, parce que, tu sais, nos parents…

Ils étaient super déçus pis un peu inquiets, vu que, dans leur famille, la morale c'est super important.

Eux autres pis leur famille, ils en connaissent un boutte sur comment avoir l'air moral. Il paraît, selon M'sieur Poirson, que l'air c'est même plus important que la chanson. Moé, plus j'apprends des choses, plus ces choses-là me surprennent. Parce qu'il semble que les gens mentent souvent sur eux-mêmes pour avoir l'air correct devant les autres. C'est comme quand j'ai pris une petite assiette de pâtisseries au lieu d'une grosse, malgré que j'avais faim. Eux autres, c'était pareil : devant la mère d'Annie-Maude, ils faisaient les anges pis ils jouaient de la musique platte. Dès que la mère disparaissait, ils en profitaient pour faire jouer la musique qu'ils aimaient. Moé, avec ma petite assiette, je voulais paraître correct. Comme eux autres, je devenais un hypocrite. Je commençais à avoir de l'éducation !

Ils ont arrêté de marcher à mes côtés pis ils sont restés plantés sur le trottoir comme des piquets. Moé, j'ai arrêté de rire comme un débile pis j'ai commencé à réfléchir. Leur histoire m'offrait de nouvelles possibilités de vente de cassettes. Parce qu'eux autres avaient plus de moyens que les gars de mon quartier, ça fait que les ventes seraient meilleures. Pis, si je leur rendais ce service, ils m'en devraient une. Ça fait que je pourrais leur dire de ficher la paix à Annie-Maude pis de plus se frotter dessus quand ils dansaient avec elle.

— Je vais vous amener une cassette, que je leur ai dit, mais faut plus achaler Annie-Maude. Les frottis frottas, c'est fini, OK ?

Voyons, que Fabien a répliqué, Annie-Maude a juste douze ans, c'est juste une copine, c'est rien que pour le plaisir qu'on danse avec elle, il y a rien là, il ne fallait pas que je me fasse de fausses idées, et blablabla.

Tout à coup, j'ai pensé qu'ils voulaient peut-être faire avec Annie-Maude, la même chose qu'essayait de faire M'sieur Legault avec les jeunes de mon âge. Le vieux pervers, il voulait leur montrer des cassettes pour les inciter à faire la même chose avec lui que ce qu'ils voyaient à la tv. Peut-être qu'eux autres, ils étaient aussi croches que M'sieur Legault? Leur but était peut-être de convaincre Annie-Maude de faire avec eux les cochonneries qu'il y a dans ces cassettes-là…

Quand je leur ai dit ça pis que ça m'intéressait plus de leur vendre une cassette, alors là, ils sont montés sur leurs grands chevaux. Voyons, cela n'avait pas de sens, argumentait Xavier, puisque c'était déjà tellement risqué de posséder une cassette pornographique, qu'ils n'iraient pas en parler à Annie-Maude, encore moins la lui montrer, elle était trop jeune, et blablabla.

Je leur ai demandé de jurer sur la tête de Dieu qu'Annie-Maude la verrait jamais, la cassette. Ils ont juré comme un seul homme. N'importe quoi pourvu qu'ils puissent avoir la cassette. Quand même, ils ont juré craché sur la tête de Dieu Lui-même rien que pour voir du sexe. Pauvre Lui, Il doit se retourner dans sa tombe… euh, au ciel.

Moé, je voulais tout prévoir, parce que, s'ils se faisaient pogner avec la cassette, on remonterait jusqu'à moé, pis ça me créerait des problèmes. Les gars de la haute, je les *trust* pas. Ça fait que je leur ai demandé comment ils allaient faire pour voir la cassette sans que leurs parents les pognent. Alexandre a parlé pour la première fois. Il a dit que c'était simple comme bonjour parce que ses parents, des artistes de la scène, travaillaient souvent le soir, donc, eux, ils pouvaient prétexter étudier chez lui, un des ces soirs-là, et ainsi visionner, tranquilles, la cassette sans risquer de se faire surprendre. Dans ces conditions-là, c'était ben dur de leur dire non. Mais quand même, j'avais encore des doutes. Alors, Fabien a dit que je ne risquais rien, sûr de sûr, parce que, même s'ils se faisaient prendre, ils ne me dénonceraient pas. Brûler leur source d'approvisionnement serait ridicule, il a ajouté.

Bon, ben, j'ai finalement dit d'accord.

Je leur ai donné rendez-vous le lendemain après-midi aux Galeries de Hull, juste devant la librairie Réflexion.

Eux autres, ils étaient tellement contents qu'ils m'ont donné vingt piastres d'avance. Je leur avais pas encore dit que je vendais les cassettes vingt piastres, ça fait que j'ai pensé que je devrais peut-être pas leur dire vu que, comme ça, j'allais me faire plus d'argent.

Pis là, je les ai surpris quand je leur ai demandé quel type de cassettes de sexe ils voulaient : des hommes avec des femmes, des femmes avec des femmes, des hommes avec des hommes, des hommes pis des femmes avec des enfants... Ils savaient pas qu'il existait autant de sortes de cassettes. Ils ont bafouillé, ils se sont regardés, pis ils ont décidé que c'était une cassette d'hommes avec des femmes qui les intéressait, pour cette fois-ci, ils ont souligné.

Moé, finalement, j'étais content. Mais il fallait que je passe chez le vieux pervers, ça c'était moins drôle. Il arrêtait pas de me demander quand je lui amènerais un petit gars chez lui. Moé, je lui expliquais que je commençais tout juste à travailler, que c'était pas si facile que ça vendre des cassettes — les gars de mon quartier avaient pas beaucoup d'argent. C'était encore plus difficile de recruter des jeunes pour lui. Je lui ai dit que lui, il avait une sapristi de mauvaise réputation dans le quartier, ça fait que ça compliquait mon ouvrage. Mais, je lui ai dit aussi que j'avais peut-être quelque chose en vue parce que je venais tout juste de développer un nouveau marché. Ça fait que s'il prenait son mal en patience pendant un boutte, peut-être que j'arriverais à faire ce qu'il voulait que je fasse.

Chapitre IX

Ça tourne mal

CE soir-là, après avoir fait mes affaires avec M'sieur Legault, je suis allé au garage de Toussaint pis de sa « gagne ». J'avais essayé de lire à la maison, mais j'étais trop excité, ça fait que les mots voulaient pas se laisser comprendre.

Toussaint m'a dit que ça tombait bien que je passe ce soir-là, parce qu'il avait un nouveau projet pour moé vu que ça prenait quelqu'un de mon âge.

J'aurais pas dû accepter, mais, maintenant, il est trop tard pour regretter. Ce qui est fait est fait. Pis comme j'ai promis de tout raconter au juge de la protection de la jeunesse, je raconte tout. En plus, selon la travailleuse sociale qui s'occupe de moé, il vaut mieux que je raconte

tout parce que, comme ça, le juge qui va s'occuper de mon cas, pourra voir les circonstances qui atténuent les affaires que j'ai faites.

Toussaint pis Christophe m'ont amené en
voiture à Ottawa, dans une place de riches. Le
quartier à eux autres, il s'appelle Rockcliffe.

Quand j'ai vu les maisons qu'il y avait dans
ce quartier-là, j'ai pensé que la famille d'Annie-
Maude était pas si riche que ça, même si, par
rapport à ma mère, ils étaient ben plus en
moyens.

Toussaint pis Christophe, ils voulaient que
je fasse le guet devant la maison en jouant au
ballon. Mais, moé, j'ai pensé que dans un
quartier comme ça, les enfants jouaient pas
dans la rue vu que toutes les maisons avaient
des grands parcs devant pis derrière. Quand je
leur ai dit ça, ils ont pensé que j'avais peut-être
raison, ça fait qu'ils m'ont dit de faire le guet
en restant dans la voiture. Leur voiture, c'est
un vieux bazou, pas mal rouillé. J'ai pensé que
le bazou se ferait repérer tout de suite par la
police. Toussaint m'a répondu que dans des
maisons riches comme celles-là, il y avait plein
de domestiques mal payés, ça fait que c'était
normal de voir des vieux bazous dans la rue.
J'ai dit que c'était correct pour moé, mais
qu'au lieu de rester assis dans la voiture, ça serait peut-être mieux que je me cache dans la
végétation devant la maison vu que, de là, on
pouvait pas me voir pis, moé, je pouvais tout
voir. J'ai pensé aussi que ça paraîtrait plus nor-

mal de voir un char vide que de voir quelqu'un qui attend dedans. Toussaint m'a dit que j'avais de super bonnes idées, pis qu'il était ben content que je sois venu avec eux.

Christophe a ouvert le coffre du bazou pour prendre une barre à clous, un pied-de-biche qu'il appelait ça. Là, les deux se sont dirigés vers la maison en faisant le moins de bruit possible pis en se cachant derrière des cèdres taillés en boule. Moé, je suis grimpé sur la branche d'un arbre. L'arbre avait plus de feuilles, ça fait que je me tenais accoté sur le tronc. De la rue, ça devait être ben difficile de me voir.

Dès qu'ils ont ouvert une fenêtre, il y a eu une sonnette qui s'est déclenchée. Ça faisait un vacarme pas possible.

Toussaint pis Christophe sont restés figés sur place pendant quelques secondes avant de se mettre à courir vers la voiture. Quand ils sont arrivés à la voiture, Toussaint a cherché les clés ; il était tellement énervé que ça lui a pris ben du temps, pis après, il les a échappées par terre. Il les a ramassées, mais là, il arrivait plus à ouvrir la porte. Il zigonnait après le trou de la serrure comme s'il était aveugle.

Christophe, lui, il arrêtait pas de crier des choses à Toussaint dans leur langue à eux autres, le créole. Je comprenais pas, mais j'imaginais qu'il disait à Toussaint de se dépêcher. Mais Christophe, en criant comme ça, il énervait plus Toussaint qu'il l'aidait.

Ça fait qu'avec tout le temps perdu, la police a pu arriver avant qu'on se sauve en voiture. Quand j'ai crié pour dire aux deux autres que la police était là, Toussaint pis Christophe ont pris leurs jambes à leur cou, pis ils sont partis en direction du coin de la rue. Moé, je me suis fait tout petit pis je me suis caché derrière l'arbre. Ça fait que la police, en poursuivant les deux autres, elle a passé devant moé sans me voir.

J'ai fait un grand ouf de soulagement.

J'avais passé proche de me faire pogner.

J'ai pas regardé si Toussaint pis Christophe avaient réussi à semer la police. J'ai juste décidé de partir dans le sens inverse en me cachant le plus possible.

Ça m'a pris plus de trois heures pour retourner dans mon quartier, parce que Rockcliffe, c'était un vrai labyrinthe, pis en plus, c'était pas mal loin de l'appartement à ma mère. Quand je suis arrivé chez nous, il était deux heures du matin.

C'est compliqué en sapristi pour un jeune comme moé de marcher dans la ville quand il est ben tard, parce que la police, elle aime pas ben ça voir des gars de mon âge se promener à ces heures-là. Ça fait que tout le long du retour, il fallait que je sois sur mes gardes. Le plus compliqué, ça a été de traverser le pont de fer entre Ottawa pis Hull. J'avais pas de place pour me cacher. À cause des voitures qui passaient, j'avais toujours peur que quelqu'un appelle la police pour me dénoncer. Mais, finalement, j'ai pu rentrer chez nous sans problème.

J'étais juste ben inquiet vu que je savais pas si Toussaint pis Christophe avaient pu se sauver.

Le lendemain, je me suis réveillé pas mal tard, parce que la veille, avec l'inquiétude, j'avais eu du mal à m'endormir. En plus, l'odeur des cheveux d'Annie-Maude me dérangeait, j'avais pas la tête à ça.

Ça fait que j'avais décidé d'enlever l'enveloppe de mon lit, parce que les histoires d'amour, ça a beau être important, il y a pas rien que ça dans la vie.

Au début de l'après-midi, j'ai été au garage de la « gagne » à Toussaint. Mais, il y avait personne pis tout était barré. Après, j'ai été à mon rendez-vous aux Galeries de Hull. Mais comme j'étais en avance, j'ai eu le temps de flâner dans la librairie. Ça m'a reposé les nerfs.

Alexandre est arrivé tout seul. Il m'a donné un autre vingt piastres pour avoir la cassette. Moé, j'ai fait comme si le prix qu'ils voulaient payer était le bon prix. J'ai pris l'argent pis j'ai voulu lui dire que je devais partir vu que j'avais un autre rendez-vous — ce qui était pas vrai, mais je voulais pas lui parler, c'est pour ça que je voulais raconter une menterie de même. Lui, il était tellement excité qu'il s'en fichait que je reste ou que je parte, que je lui parle ou pas. Il avait juste hâte de visionner la cassette.

Toussaint pis Christophe avaient pas été chanceux. La police les avait pognés. Ça fait qu'ils se sont retrouvés en prison. Ils attendaient de passer devant le tribunal pour effraction, tentative de vol pis résistance à l'arrestation vu qu'ils s'étaient sauvés.

Moé, j'avais eu pas mal de chance. Pas juste parce que j'avais pu me sauver, mais aussi parce que ni Toussaint ni Christophe m'avaient dénoncé à la police. C'était des gars corrects en tabarouette.

Jusqu'à Noël, j'ai continué à aller, une fois par semaine, chez Annie-Maude, pour faire mes devoirs. Je progressais en s'il vous plaît ! C'était ben platte parce que je la voyais presque pas, Annie-Maude. Pendant que sa mère s'occupait de moé dans la cuisine, Annie-Maude étudiait dans le sous-sol, ça fait que j'étais obligé de me concentrer sur ce que me montrait sa mère.

J'étais pas content parce que ma relation avec Annie-Maude avançait pas. Mais M'sieur

Poirson me disait d'être patient, qu'il y avait rien d'urgent.

À cause de mes progrès phénoménaux, disait Mad'moiselle Gauthier, elle a voulu voir ma mère. Elle pensait que ça serait peut-être possible, si je prenais des cours particuliers avec elle, de rattraper, dès cette année, le niveau régulier, pis, à la rentrée, de me faire inscrire en secondaire II. Comme ça, je perdrais pas une autre année d'études.

Quand je lui ai dit que Mad'moiselle Gauthier viendrait la voir chez nous, ma mère a pas été contente pantoute. Elle était sûre que j'avais fait une niaiserie à l'école. Il faut comprendre qu'avec son ouvrage, elle pouvait pas savoir que j'avais progressé autant. Elle arrivait chez nous tellement fatiguée qu'elle prenait pas le temps de surveiller si mes leçons étaient ben faites. Ça fait qu'elle pouvait pas deviner que Mad'moiselle Gauthier voulait venir lui raconter que j'étais rendu bon à l'école.

Elles ont parlé ensemble à la fin d'un après-midi, juste après l'école. Ma mère était surprise vrai. Pis contente en s'il vous plaît. Elle était fière de moé qu'elle répétait à Mad'moiselle Gauthier. Elle aussi trouvait qu'on pouvait être fier de moé vu que je m'en sortais, contrairement à la plupart des autres élèves de ma classe. C'était ben difficile, elle expliquait la maîtresse, de donner le goût d'apprendre à des jeunes qui ont pas de perspectives d'avenir pis dont les parents se fichent complètement de leurs études. Ma maîtresse a ajouté que c'était sûrement pas le cas de ma mère, vu mes progrès.

Ma mère était ben gênée parce que la maîtresse s'était trompée vu que ma mère avait pas le temps de s'occuper de mes études.

— Seulement, a affirmé Mad'moiselle Gauthier, votre fils doit continuer à travailler fort jusqu'à la fin de l'année. Je suis prête à l'aider en lui donnant des leçons particulières après la classe.

Ma mère, elle a les deux pieds sur terre, ça fait qu'elle a demandé à la maîtresse si ça coûtait cher des leçons particulières, vu que nous autres, on avait pas beaucoup de moyens.

Mad'moiselle Gauthier a pris un air offusqué pis elle a répondu non, elle faisait ça bénévolement — ça veut dire gratis — juste pour me permettre de progresser pis d'avoir un meilleur avenir devant moé.

Après la visite de Mad'moiselle Gauthier, ma mère a voulu fêter ça. Elle était trop heureuse qu'elle disait. Elle a appelé M'sieur Poirson pis elle l'a invité à venir manger chez nous. Elle a décidé de faire venir du Coq rôti pis d'acheter une bouteille de vin rouge au dépanneur du coin. Elle voulait le plus cher parce qu'elle disait que ça devait être la meilleure bouteille. C'est moé, ben sûr, qui a dû aller au dépanneur.

En échange, je pouvais m'acheter une barre de chocolat pis un coke.

Ma mère a même été dans une pâtisserie pour acheter un gâteau comme si on fêtait mon anniversaire. C'était marqué dessus, en belles lettres toutes travaillées : « À Michel pour son bon travail à l'école. » Il y a pas à dire, ma mère est capable, quand elle veut, de faire les choses en grand.

Cette fête-là a été ben le fun parce que ma mère pis M'sieur Poirson ont pas arrêté de rire pis de me faire plein de compliments.

Chapitre X

La gaffe du bracelet

LES trois gars amis d'Annie-Maude, je les voyais de temps en temps, parce qu'ils aimaient ben ça visionner des cassettes de sexe. À chaque fois, ils me donnaient quarante piastres. Ça fait que, moé, ça me faisait plaisir de leur rendre service.

La « gagne » à Toussaint voulait plus faire de vols vu que c'était trop dangereux. À preuve Toussaint pis Christophe avaient été condamnés à quelques mois de prison. C'était des récidivistes. Ça voulait dire que c'était pas la première fois qu'ils se faisaient pogner. Pis comme ils avaient plus de dix-huit ans, la Cour avait pas pu être clémente. Je comprenais pas qu'est-ce que ça voulait dire, mais une chose était sûre, Toussaint pis Christophe pourraient pas être avec nous autres avant un bon petit boutte de temps.

La « gagne » avait décidé de se recycler dans la vente de la drogue, surtout le pot pis le hash. Ça leur tentait pas de toucher aux autres drogues, les drogues dures, parce qu'elles étaient trop dangereuses. Ils disaient pouvoir faire plus d'argent en une semaine avec la drogue qu'en volant des maisons pis en revendant ce qu'ils avaient volé. Parce que ceux qui achetaient ce qu'ils avaient volé — des receleurs, il paraît —, ils leur donnaient presque rien. Pour la « gagne », ces gars-là étaient des vrais voleurs !

Une fois, pour essayer, j'ai fumé du pot avec eux autres. J'ai pas aimé ça. J'ai eu mal à la gorge pis à la tête.

Sans Toussaint, la « gagne », c'était pas pareil, ça fait que j'allais pas mal moins souvent les voir dans leur garage. Avec mes études pis les livres que je lisais, j'avais pas mal moins de temps libre.

J'aurais ben aimé ça écrire une lettre à Toussaint pour lui dire merci, qu'entre lui et moé, c'était à la vie à la mort, vu qu'il avait rien dit à la police, mais j'osais pas. Des fois qu'ils lisent ma lettre dans la prison pis qu'ils m'attrapent pour me mettre en dedans moé aussi.

Deux semaines avant les vacances de Noël, la mère d'Annie-Maude m'a dit qu'après la semaine prochaine, je pourrais plus venir chez elle étudier pendant au moins quinze jours parce que toute la famille partait en vacances en République dominicaine. Ça voulait dire que, pendant deux semaines, je pourrais pas voir Annie-Maude. Ça m'a dérangé en sapristi, parce que je la voyais pas tant que ça Annie-Maude, pis j'espérais, pendant les vacances de Noël, la voir plus.

Là, j'ai pas pensé plus loin que mon nez. J'étais trop dérangé par son départ pour la République dominicaine. J'ai été dans un magasin de bijoux, pis j'ai acheté un beau petit bracelet en or sur lequel on peut attacher plein de breloques en or, eux autres aussi. Mon bracelet avait déjà trois breloques, dont un cœur. Cette folerie-là m'a coûté cent piastres sans les maudites taxes.

La semaine suivante, quand je lui ai donné son cadeau, elle en revenait pas. C'était mignon comme tout qu'elle s'exclamait. Moé, je lui ai dit de faire super attention vu que sa mère voulait pas que je lui fasse de cadeaux. Elle devait le montrer à personne pis le mettre juste quand on serait seuls ensemble. Elle a dit d'accord. Après, elle m'a embrassé sur les deux joues pis, quand elle a entendu sa mère venir me chercher dans le sous-sol, elle a caché son cadeau sous les cahiers d'exercices de sa table de travail. Là, elle a fait semblant de travailler à son ordinateur.

Pendant les deux semaines qu'elle a pas été là, Annie-Maude, j'ai pas fait grand-chose. J'ai lu plein de livres, vu que maintenant j'étais abonné à la bibliothèque municipale. Ben oui, M'sieur Poirson avait décidé de venir avec moé pour m'aider à m'enregistrer pis pour m'expliquer comment ça fonctionnait une bibliothèque. C'est sûr que ça prend un système, parce qu'avec tous les livres qu'il y a dans une bibliothèque, sans système, on trouverait rien.

À quelques occasions, j'ai fait un tour au garage, mais depuis qu'ils étaient dans la drogue, le garage était plus pareil. Eux autres, ils tripaient, ça fait qu'ils gardaient plus la place propre comme avant. Je trouvais que c'était pas une bonne idée leur trafic, vu qu'ils dépensaient tout leur profit à fumer de la drogue.

J'ai été super content quand ma mère m'a donné une carte postale envoyée par Annie-Maude de la République dominicaine. Elle avait écrit qu'elle pensait à moé très souvent, sous les cocotiers, à la *playa*. Après quelques jours passés là-bas, elle parlait déjà la langue du pays, l'espagnol. Elle m'impressionnait, Annie-Maude.

À la rentrée, en janvier, mes affaires ont commencé à aller super mal.

À l'école, j'ai cherché Annie-Maude. Elle était pas là. Quand j'ai vu Xavier, j'ai été le voir pour lui demander ce qui se passait avec Annie-Maude. Il a même pas voulu me parler. Il est parti à toute vitesse comme s'il avait le feu au derrière. Ça fait que j'ai cherché son amie de fille, Michèle. Elle savait pas pourquoi Annie-Maude était pas à l'école aujourd'hui. J'étais inquiet. Des fois qu'Annie-Maude ait pogné en République une diarrhée mortelle. J'avais lu que dans ces pays-là, quand on faisait pas attention, pis qu'on buvait de l'eau ou mangeait des affaires nettoyées dans l'eau, on pognait des diarrhées qui donnaient la jaunisse, pis les petites constitutions pouvaient même en mourir. Comme Annie-Maude avait une petite constitution, j'avais peur qu'elle soit morte ou qu'elle soit en train de mourir à l'hôpital.

Notre maîtresse avait décidé de nous amener au nouveau musée de Hull, celui du château d'eau. Elle disait que, commencer un nouveau semestre en faisant une visite éducative, ça nous aiderait peut-être à mieux travailler. Elle voulait nous faire voir des roches pis l'évolution de la terre. Ça fait que le matin, on a quittés l'école pour visiter le musée. Je savais même pas qu'il y avait un musée là !

Moé, ce jour-là, j'étais trop inquiet, ça fait que j'avais pas la tête à visiter. Leurs roches pis les autres affaires du musée, elles me disaient pas grand-chose.

Quand on est revenus à l'école, j'ai tout de suite compris que j'avais un problème, parce que, dans le hall d'entrée, j'ai vu la mère d'Annie-Maude discuter avec le directeur de l'école, M'sieur Guitard. Ça avait l'air ben sérieux. Dans sa main, elle tenait le bracelet que j'avais donné à Annie-Maude. J'avais pas envie de me faire appeler au bureau du directeur. Je voyais pas comment je pouvais expliquer avec quel argent j'avais acheté le bracelet, ça fait que j'ai quitté au pas de course l'école pis je suis allé direct chez nous.

Ma mère était pas encore réveillée, ça fait qu'elle s'est pas rendu compte que j'étais revenu à la maison. Là, j'ai pas perdu de temps, j'ai débranché le téléphone, des fois que M'sieur Guitard appelle chez nous, pis j'ai mieux caché mon argent — j'avais plus de trois cents piastres. Je vous dis pas où je l'ai caché, des fois que le juge voudrait me voler. Mais, je peux vous dire que j'avais gardé vingt piastres, des fois qu'il m'arrive un imprévu.

Je suis parti pour le garage de la « gagne » à Toussaint. J'avais apporté avec moé le livre de chansons de Jacques Brel. Dans le livre, j'avais mis l'enveloppe des cheveux d'Annie-Maude. Washington m'a ouvert la porte. À part lui, il y avait personne d'autre. Il était là pour faire le ménage. Moé, je lui ai proposé de l'aider, comme ça, en retour, lui, il pourrait peut-être me permettre de rester là aujourd'hui. Il m'a dit que ça lui posait pas de problèmes.

Ça fait que pendant une heure ou deux, j'ai fait le ménage avec Washington. Il parlait pas beaucoup. C'était correct vu que, moé, j'avais pas envie de lui raconter mes affaires. Au moment de me laisser tout seul, il m'a averti de ben barrer la porte du garage avant de partir.

Quand j'ai été tout seul, je me suis assis sur un matelas, pis j'ai commencé à réfléchir.

J'ai cru, au début, qu'Annie-Maude m'avait dénoncé. À ce moment-là, j'ai pensé qu'elle était une fille qui avait pas de tête sur les épaules. Après, je me suis dit que c'était pas possible, elle était intelligente, vu qu'elle suivait les cours de l'École internationale. Mais je trouvais pas Xavier, Fabien pis Alexandre si intelligents que ça, pis eux autres aussi étaient à l'École internationale, ça fait qu'Annie-Maude avait peut-être fait une niaiserie pas intelligente pantoute. Mais ça devait pas être par méchanceté, ça fait que j'étais prêt à lui pardonner.

Après, j'ai pensé que sa mère avait peut-être trouvé toute seule le bracelet. Elle avait obligé Annie-Maude à lui dire d'où venait le bracelet. Pis c'était moé qui avait des problèmes maintenant.

Peut-être aussi qu'Annie-Maude m'aimait tellement qu'elle avait apporté, avec elle, le bracelet en République dominicaine, pis elle le mettait pour dormir. Moé, je faisais ben ça avec ses cheveux ! Pis, un beau matin, elle avait oublié de l'enlever. Alors, sa mère lui était tombée dessus.

En tout cas, quand on est seul pendant un boutte de temps, on pense à plein d'affaires, pis ces affaires-là ont pas toujours de sens.

Je commençais à être ben tanné de réfléchir pis j'avais faim. J'ai pensé quitter le garage pour aller m'acheter une poutine ou quelque chose du genre, mais c'était pas possible, parce que, après, j'aurais pas pu revenir dans le garage vu que j'avais promis de barrer la porte.

Un peu plus tard, Washington pis un autre gars de la « gagne » sont arrivés. Il y avait deux filles avec eux autres. Ils avaient l'air d'avoir tripé tous les quatre, parce que leurs yeux étaient ben ronds pis ils sentaient le pot.

Washington m'a demandé ce que je faisais encore là. Moé, j'ai pas répondu vraiment, j'ai juste haussé les épaules. Il m'a dit de déguerpir parce qu'eux autres avaient des choses à faire dans le privé. Ça fait que je suis parti en beau maudit vu qu'ils me mettaient dehors à cause des filles. Mais comme j'avais faim, j'en ai pas fait un cas. La priorité, c'était me remplir le ventre.

En mangeant ma poutine, j'arrêtais pas de penser à Annie-Maude. Je savais que j'allais plus la voir avant longtemps pis que mes études avec sa mère, c'était fini. Tout ça à cause du bracelet. C'était moé qui avait niaisé, pas Annie-Maude. J'aurais pas dû lui faire un cadeau. Sa mère m'avait averti qu'elle voulait plus de cadeaux pour sa fille, pis, moé, pas brillant pour deux cents, parce que son voyage en République me dérangeait, je me suis organisé pour plus la voir pantoute !

Après la poutine, je savais plus quoi faire. Je pouvais pas retourner au garage, pis je pouvais pas rester dehors. Il faisait ben trop frette. Ça fait que j'ai pas eu le choix, je suis retourné chez ma mère. Il était tard, proche de neuf heures le soir, ça fait que je savais que ma mère était pas là. Ça me donnait un sursis de quelques heures avant de manger une volée.

Quand je suis arrivé, j'ai été ben surpris. M'sieur Poirson était chez nous. Il m'attendait. C'était ma mère qui lui avait demandé ça. Elle, elle aurait voulu m'attendre, mais elle avait peur de perdre son ouvrage, vu que son boss préférait des jeunes plutôt que des vieilles comme elle. Ça fait que ma mère manquait jamais une nuit de travail pis elle était toujours à l'heure pile à son ouvrage.

M'sieur Poirson m'a demandé ce qui m'arrivait. J'ai rien dit, une chance. Il a vu le livre de Jacques Brel, ça fait qu'il a commencé à expliquer ce qui avait ben pu se passer avec moé.

– Ah ! c'est ça, qu'il a dit, tu as une peine d'amour ! Ta mère était tellement inquiète quand elle a remarqué ton sac d'école dans la cuisine qu'elle m'a demandé de t'attendre. Elle comprend pas pourquoi tu as fait l'école buissonnière aujourd'hui, surtout que ça va bien à l'école. Je vais pouvoir la rassurer…

J'ai compris que ma mère pis M'sieur Poirson étaient pas encore au courant pour le bracelet. Ça m'a soulagé.

J'avais quand même un problème. C'était sûr que la mère d'Annie-Maude voudrait parler à ma mère, peut-être aussi le directeur de l'école. C'était tout aussi sûr qu'ils voudraient savoir d'où venait le bracelet pis l'argent pour le payer. Ça fait que j'ai pris mon courage à deux mains pis j'ai commencé à raconter une histoire à M'sieur Poirson.

Oui, j'avais de la peine, parce que je savais que je verrais plus Annie-Maude, à cause du cadeau que je lui avais fait pour Noël. J'étais pas capable de m'en empêcher, vu mon amour pour elle. Tout l'argent que j'avais ramassé pendant des mois avait passé dans ce cadeau-là qui avait coûté cent piastres. Non, non, j'avais rien fait de mal. Cet argent-là venait de ma mère. Comment ça ? Ben, c'est simple, à chaque fois que j'allais au dépanneur, au lieu de dépenser pour me payer un coke pis une barre de chocolat — ce que me donnait ma mère comme récompense parce que je lui rendais service —, ben je gardais l'argent pour moé. C'était comme ça que j'avais fini par ramasser cent piastres.

M'sieur Poirson a eu l'air ben soulagé après avoir entendu mon histoire. Il m'a même dit que j'étais quelqu'un de généreux, pis que ça, c'était ben correct. Il parlerait à ma mère, pis il expliquerait tout.

Ouf ! j'avais eu super chaud !

Chapitre XI

La vie devant soi

LE lendemain matin, j'ai fait comme si de rien était, pis j'ai été à l'école. Sûr que j'aurais une explication à donner à M'sieur le directeur, mais bon, comme je m'étais pratiqué le soir avant avec M'sieur Poirson, je me disais que ça irait, vu que mon histoire était crédible.

Moé, j'ai pas pensé deux secondes que M'sieur Poirson, il m'aimait tellement, qu'il était prêt à croire n'importe quoi.

Ma mère dormait. Elle m'avait pas réveillé quand elle était rentrée. M'sieur Poirson, pour la rassurer, l'avait appelée à son ouvrage pis il lui avait expliqué mon histoire. Ça fait que ma mère m'avait juste écrit un petit mot qu'elle avait laissé sur la table de la cuisine. Elle disait que je devais plus faire d'affaires de même pis qu'elle m'en voulait pas vu les circonstances.

J'ai été ben ému. Avant de partir, j'ai été la regarder dormir dans sa chambre. Elle avait la bouche ouverte pis elle ronflait un peu. Ça c'était à cause de la boisson qu'elle prenait à l'ouvrage pis des cigarettes qu'elle fumait comme une cheminée. Quand elle se réveillait, le matin, elle toussait pis elle se mouchait pendant des heures. Elle avait toujours le nez plein. Ça fait qu'elle était pas à son mieux quand elle dormait. Elle avait pas l'air d'un ange innocent pis tout, comme on peut lire dans les livres quand ils décrivent quelqu'un qui dort. Vu que les livres c'est de la fiction, ils embellissent. Même si c'était pas quand elle dormait que ma mère était à son mieux, quand même, j'ai senti en moé un gros élan de tendresse pour elle. Mais j'ai pas osé aller l'embrasser, des fois que je la réveille.

Là, le téléphone a sonné. J'ai répondu vite fait pour pas que ma mère se lève. Le téléphone était pour moé. Un gars que je connaissais pas avait appris que je vendais des cassettes de sexe. C'était par Fabien qu'il avait appris ça. Il voulait m'en acheter une ce soir. Il payerait les quarante piastres rubis sur l'ongle, qu'il disait. Ça fait que, comme on était mardi, j'ai pas pu lui donner rendez-vous aux Galeries de Hull, pis comme il faisait frette, j'ai décidé qu'on se rencontrerait dans mon quartier, proche de chez nous. J'ai dit au gars qu'il devait avoir la somme d'argent exacte, parce qu'on pouvait pas changer l'argent sur le coin d'une rue, un soir d'hiver, quand tout est fermé. Il a grommelé OK pis il m'a dit à ce soir.

Je savais pas que ce gars-là était le frère aîné d'Annie-Maude. Je savais même pas qu'elle avait un frère vu que je l'avais jamais vu chez elle. Il étudiait, il paraît, dans une université à Montréal. Ça fait qu'il venait chez lui que pendant les vacances.

Je savais pas non plus que Xavier, Fabien pis Alexandre s'étaient fait pogner par leurs parents. Pis que leurs parents avaient parlé des cassettes aux parents d'Annie-Maude, pis que c'était, à ce moment-là, après avoir interrogé Annie-Maude pour savoir si je lui avais montré des cassettes de sexe, que sa mère avait appris l'existence du bracelet.

J'aurais dû me douter qu'il se passait quelque chose du genre vu que Xavier avait refusé de me parler. Il s'était même sauvé en me voyant. Les gars de la haute, ils ont pas de parole, c'est rien que des pissous.

Tout ça, je l'ai appris ben plus tard.

Quand je suis arrivé à l'école, Mad'moiselle Gauthier m'attendait.

– Mon petit, qu'elle m'a dit, qu'est-ce que tu as fait? Tout allait si bien pour toi. Tu as tout gâché. Je n'en reviens pas, je ne peux pas croire ce qu'on m'a dit. Dis-moi que c'est pas vrai! Hein! dis-le-moi!

Elle a pas attendu ma réponse, elle a juste continué à parler :

– Monsieur le directeur veut te rencontrer tout de suite. C'est sérieux, très sérieux. Tu risques de devoir changer d'école…

Là, j'ai été estomaqué.

Je comprenais plus rien.

L'histoire du bracelet prenait des proportions pas croyables.

Ok, il coûtait cent piastres, mais c'était pas la fin du monde, quand même ! Il y avait d'autres bracelets qui coûtaient ben plus cher. Pis en plus, je l'avais pas volé, ça fait que je trouvais qu'ils faisaient une montagne avec pas grand-chose. Mais les adultes, c'est toujours comme ça. La moindre petite affaire prend des proportions pas croyables. Les adultes aiment ça s'énerver.

Mad'moiselle Gauthier avait la larme à l'œil. Elle m'a juré que M'sieur Guitard, il voulait vraiment m'aider pis que, même si la police avait été prévenue pis qu'elle s'occuperait de mon cas, je devais pas m'en faire, parce que m'sieur le directeur pis elle allaient intervenir en ma faveur.

Quand j'ai entendu ça, j'ai pris peur.

Parce que, moé, je savais pas pourquoi la police voulait s'occuper de moé. J'ai pensé que c'était à cause du vol qu'on avait essayé de faire à Rockcliffe. Peut-être que Christophe m'avait dénoncé ? J'avais moins confiance en lui qu'en Toussaint.

J'ai même pas pensé que c'était à cause des cassettes de sexe.

J'ai juste pensé que je voulais pas me faire pogner par la police.

Ça fait que je suis pas rentré à l'école. J'ai pris mes jambes à mon cou pis je me suis sauvé. Mad'moiselle Gauthier a essayé de me rattraper, mais elle a pas été capable. Après, elle m'a crié des choses, mais je comprenais rien vu que j'étais ben trop énervé.

Je savais pas où aller. Ça fait que j'ai été niaiser aux Galeries de Hull un boutte de temps, pis après je suis allé chez M'sieur Legault manger des cochonneries pis prendre une cassette.

Je savais pas que la police était passée chez ma mère avec une travailleuse sociale de la protection de la jeunesse, pis que ma mère était toute retournée vu qu'ils lui avaient dit qu'ils me retiraient de sa famille pour me placer dans une famille d'accueil. Je savais pas encore c'était quoi pas vivre dans sa vraie famille, même si elle est pas entière, vu que la mienne est monoparentale.

Je savais pas non plus que, ce soir-là, le frère d'Annie-Maude pis ses chums me donneraient toute une volée. C'est à cause de ça que la police allait me pogner.

Avec M'sieur Poirson, ma mère est venue me visiter pendant les trois jours qu'on m'a gardé à l'hôpital. Elle pleurait en répétant tout le temps pourquoi ? pourquoi ? Elle avait même pas l'énergie de me chicaner. Ça la vidait de pleurer comme ça. M'sieur Poirson, lui, il disait rien, mais ses yeux étaient tristes comme pas possible. Il semblait déçu de moé.

La police m'a interrogé plusieurs fois. Comme j'étais pas ben vieux, ils disaient que j'étais pas responsable, ça fait qu'ils cherchaient un responsable. Ils arrêtaient pas de me demander qui me fournissait en cassettes de sexe. Même si je suis pas un *stool*, j'ai fini pas dire que c'était M'sieur Legault. Là, ils ont fait une descente chez lui, pis ils ont trouvé plein de cassettes, pis des revues, pis plein d'autres affaires comme ça.

Mon histoire a fait le journal. La première page même. Le journal disait que la police avait démantelé un important réseau de pornographie enfantine à Hull. Pis il donnait plein de détails, mais il a jamais dit mon nom, parce que, vu mon âge, il avait pas le droit de le dire. Il parlait de ma mère comme d'une femme dépravée vu qu'elle travaillait dans un bar de danseuses nues. Il disait même que je faisais juste reproduire ce que j'avais vécu à la maison. Le journal, il comptait des menteries, parce que ma mère était ben correcte, pis il fallait ben qu'elle vive elle aussi. Ça fait que pour son ouvrage, elle avait pas eu le choix, vu qu'elle avait pas fait d'études pis qu'elle avait pas de diplômes. Pis les bars de danseuses nues, si c'était pas correct, pourquoi il y en avait? Le monde est ben hypocrite.

Je suis passé hier devant le juge de la protection de la jeunesse. J'avais raconté ma vie à la travailleuse sociale qui avait fait un rapport au juge. J'ai jamais su quoi. Le juge s'est pas rendu compte que c'était pas la faute de ma mère, vu qu'elle avait fait tout ce qu'elle avait pu, que c'était pas ma faute non plus, parce que j'étais né dans un quartier comme celui de Malcolm X, pis que c'était normal, dans des milieux comme ceux-là, que les jeunes tentent de se sortir du trou. Le juge a pas compris que ma vie, elle était dure à réussir. Au lieu de me séparer de ma mère, il aurait dû condamner la société, parce que c'était sa faute à elle.

Quand ils m'ont placé dans une famille d'accueil à Gatineau, à part mon linge, j'ai juste apporté les cassettes sur Malcolm X pis mon livre de chansons de Jacques Brel. L'enveloppe de la mèche de cheveux d'Annie-Maude était dedans. Même si son parfum était moins fort qu'avant, je le sentais quand même comme il faut.

Le cadeau d'Annie-Maude me fait toujours penser ben fort à elle. Je me dis qu'un jour, quand ça ira mieux, j'irai la retrouver pis on recommencera à se voir comme avant. Après, je pourrai me marier avec elle, avoir des enfants, fonder une vraie famille pis être heureux.

J'ai quand même encore un bon boutte de ma vie devant moé…

Table des matières

Collection « Ado »

PAO : Éditions Vents d'Ouest (1993) inc., Hull

Négatifs de la couverture : Imprimerie Gauvin ltée
Hull

Impression : Marc Veilleux Imprimeur inc.
Boucherville

Achevé d'imprimer en octobre
deux mille

Imprimé au Québec (Canada)